하현달의 묵시

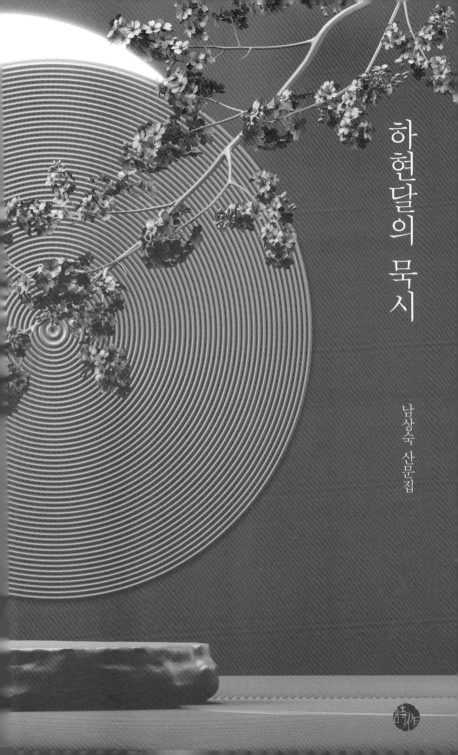

하현달의 묵시

남상숙 산문집

솔직하게 써야 하니까 수필 쓰기가 제일 어렵다는 시인의 말을 듣고 놀랐다. 이름만 대면 세상이 아는 분이었다. 어렵다는 수필을 나는 어떻게 이 세월까지 써 왔을까, 무심코 나온 말에 당황하면서도 봄볕에 깜짝 놀라 망울을 터트리는 산수유만큼이나 황홀하고 뭉클했다.

삶은 경이로웠으나 수필은 닿을 수 없는 그리움이었다. 어느 날 내게로 온 수필에 순정을 바쳤던 것은 정체를 몰랐기에 덥석 손잡았을 것이다. 글이 행실과 다를까 조심스러웠고 부족한 식견으로 오류가 있을까 노심초사했다. 철학적 사유나 오롯한 사상을 동경했어도 내 것으로 삼지 못한 것은 역량 부족이었다. 여전히 수필은 어렵고 활자는 두렵다.

자신의 삶에 성심을 다하는 사람을 보면 고맙고, 그렇게 살다간 사람의 발자취를 들여다보면 존경스럽다. 살면서 최선을 다했다면 그들에게서 알게 모르게 영향받았을 것이다.

이른 봄 빨간 산당화 서둘러 콕콕 점을 찍듯 이들의 삶을 천지간에 퍼트리고 싶었으니 곡진한 삶에 대한 외경이었다. 무람없더라도 이 책을 엮어내는 까닭이다.

　푸른 날의 열망은 스러지고 도린곁 혼자 자란 풀꽃이었어도 글 쓰는 삶은 즐거웠다. 시원찮은 글 따뜻하게 읽어준 덕분이다. 기꺼이 평설을 써주신 김우종 교수님의 여일한 필력에 경의를 드린다. 고마운 마음 그지없다.

2023년 봄
남상숙

차례

1부

거미줄

부엌 창틀 귀퉁이에 거미줄이 매달려 있다. 알루미늄 새시 틈서리에 명주실보다 가는 실이 사방으로 뻗쳤다. 거미는 보이지 않고 가느다란 거미줄에 깨알만 한 하루살이가 여러 마리 걸리고, 창틀에 나방 껍질도 떨어져 있으니 왕벌만 한 나방을 포획하여 파먹었다고 생각하면 어처구니가 없다. 거미줄로 생포하여 먹이를 구하고 숨어서 벌이는 비겁한 행동이 살벌하고 섬뜩하다.

거미줄을 보자, 엊그제 본 영화 「동주」가 떠올랐다. 흑백 영화 속 깔끔하고 선한 배우의 인상과 윤동주(1917~1945) 시인의 깨끗한 이미지가 같았다. 타고난 감수성과 여린 심성으로 살아 있는 것을 사랑하고 시혼을 불태운 시인은 영혼이 맑고 순수했다. 시대를 잘못 타고났다기에는 너무도 안타깝고 갑작스러운 죽음은 애처로웠다.

윤동주는 연희전문학교를 졸업하며 그동안 쓴 시를 묶어서 세 권 필사했다. 한 권은 본인이 지니고, 나머지는 스승 이양하와 친구 정병욱에게 맡기고 일본으로 유학을 떠났다. 정병욱도 친구의 것이니 잘 보관 해야 한다며 어머니께 당부하고 학병으로 떠났다. 친구 어머니는 그것을 항아리에 넣어 마루 밑에 숨겼다. 전쟁이 끝나고 학병에서 돌아온 정병욱은 윤동주 사후에 윤동주 최초의 시집 『하늘과 바람과 별과 詩』를 발간했다.

윤동주의 일본 유학 생활은 평탄했을까, 한국 학생들이 모여 시위를 일으킬까 불안한 일본 경찰은 사방에서 유학생들을 감시했다. 그들은 나라 잃은 서러움과 고향에 대한 그리움을 달래며 나라의 안위를 걱정하고 토론했다. 1943년 여름, 윤동주는 방학을 맞아 집으로 가려던 차에 유학생 모임에 참석했다가 미행한 형사에게 붙잡혔다. 독립운동 혐의로 후쿠오카 형무소에 갇혀 2년 형을 받고 복역하던 중 광복을 육 개월 앞두고 사망했다. 생체 실험을 했다던가. 정체 모를 주사를 맞으며 심신이 피폐해져 쓰러졌다.

일제 강점기 지식인들은 대학을 나와도 일제에 동조하지 않으면 할 일이 없었으니 사회 활동에 제약이 많았다. 새삼스러울 것 없이 인간은 존엄하기에 국가가 힘으로 개인을 억압할 이유나 권리는 없다. 더구나 남의 나라를 손아귀에 넣어 인격을 유린하고 영혼까지 말살시키려 하고 민족정신을 억압하는 제국주의자들의 소행은 인류에게 씻을 수 없는 죄를 짓는 것이다.

영화를 보고 집에 오자마자, 나는 윤동주 시집을 찾았다. 『하늘과 바람과 별과 詩』가 오래되어 퇴색했으나 남빛 표지는 선명했다. 1975년 발간이니 종이야 누렇게 변했으나 젊은 날 시를 읽으며 설레던 기분이 햇볕 아래 감광지처럼 선명히 살아났다. 국한문 혼용체 세로줄 쓰기는 앞부분에 시와 동시, 그리고 산문 다섯 편이 있고 뒷부분에는 문학평론가인 백철, 동문수학한 문익환, 친구 정병욱이 쓴 글이 실려 있어 다시 읽었다.

윤동주 시를 읽으면 어려울 것 없이 이해되고 정신이 맑아진다. "죽는 날까지 하늘을 우러러/ 한 점 부끄러움이 없기를/ 잎 새에 이는 바람에도/ 나는 괴로워했다/ ……"(「서시」) "…… 하루의 울분을 씻을 바 없어 가만히 눈을 감으면 마음속으로 흐르는 소리, 이제 사상이 능금처럼 저절로 익어 가옵니다"(「돌아와 보는 밤」) "황혼이 짙어지는 길모금에서/ 하루종일 시들은 귀를 가만히 기울이면/ …… / 신념이 깊은 의젓한 양처럼/ 하루종일 시름없이 풀포기나 뜯자"(「흰 그림자」) 이런 시를 읽으면 선하고 섬세한 영혼의 미세한 떨림이, 자신도 모르게 죄지을까, 삼가 옷깃 여미는 조심스러운 정서의 결이 도랑물처럼 흐른다. 거울에 얼굴 비추듯 나를 돌아보면 제법 신념이 깊은 의젓한 양처럼 혼탁한 마음 정화되는 듯싶으니 윤동주 시의 힘일 것이다.

또한 상념이 흐르는 대로 쓴 줄글은 논리가 정연하고 표현이 진술하고 사상이 가지런해서 산문 읽는 맛이 났다. "…… 따는 얼마의 단어를 모아 이 졸문을 지적거리는데도 내 머리는 그렇게 명석한 것은 못됩니다. 한 해 동안을 내 두뇌로서가 아니라 몸으로서 일일이 헤아려 세포 사이마다 간직해 두어서야 몇 줄의 글이 이루어집니다. ……중략…… 봄바람의 고민에 짜들고, 녹음의 권태에 시들고, 가을 하늘 감상에 울고, 노변의 사색에 졸다가 이 몇 줄의 글과 나의 화원과 함께 나의 일 년은 이루어집니다."(산문 「화원에 꽃이 핀다」)

서울 청운동 윤동주문학관은 그의 모습과 시의 이미지만

큼 조촐하다. 전시실 벽에는 윤동주의 다양한 흑백 사진이 걸려 있고 유리 상자 안에는 친필 원고와 시집들이 단정했다. 생전에는 시집 한 권 펴내지 못했으나 사후에 초판, 재판으로 나온 책이나 시인에 대한 연구 논문은 풍성했다. 수도 가압장 물탱크를 개조해 후쿠오카 형무소를 본떠서 꾸몄다던가. 콘크리트 바닥은 서늘하고, 컴컴한 공간에서 올려다본 까마득한 천장 모서리 손수건만 한 파란 하늘은 동물의 슬픈 동공처럼 맑고 처연했다. 아니 순결한 영혼의 간절한 생의 의지처럼 쏘는 듯 형형했다.

2017년 올해는 윤동주 시인 탄생 100주년이다. 그를 기리는 심포지엄이나 시 낭송 행사가 여러 곳에서 열리고 있다. 감시의 눈길이 거미줄처럼 사방에 널려 있는 엄혹한 시대를 살아내며 조국과 가족, 어머니를 애타게 그리다 광복을 앞두고 짧은 생을 마감한 젊은 영혼을 생각하면 가슴이 먹먹해진다. 맑고 투명한, 사리舍利 같은 시를 유물로 남긴 윤동주 시인의 생애를 애달파하며 내가 할 일은 이것뿐인 듯 부엌 창틀의 거미줄을 걷어낸다.

씨줄과 날줄

거실 게발선인장에 다홍색 꽃이 만발했다. 뭉툭한 진초록 잎사귀마다 발진 같은 꽃눈이 발긋발긋 솟더니 쌀알만 하던 것도 순간이었다. 붓끝처럼 맵시 있던 봉오리에서 뾰족한 수술을 뻗치며 연달아 피어난 꽃송이가 어릴 적 장마당에서 울리던 금빛 트럼펫이다. 장터를 들었다 놓을 듯 요란하던 곡마단 트럼펫 소리와 장꾼들의 소란이 귓가에 맴돌며 그날인 듯 화사하다.

꽃고무신에 발이 아프다고 했던가. 엄마가 솜사탕을 사줬다. 손에 들려 준 고무풍선은 어느새 손가락을 빠져나와 두둥실 머리 위에 떠 있고 까치발 하며 잡으려 했으나 어림없이 꼬리를 흔들며 하늘로 날아올랐다. 어리둥절하여 바라보던 노랑 풍선은 팔랑거리며 날아가던 장다리 밭 노랑나비 같았다.

그 무렵이었다. 할아버지, 할머니 환갑 때나, 외삼촌 결혼식 화동 사진이거나 내 머리는 곱슬곱슬한 파마머리였다. "그 시절에 한창 유행하던 불파마였다. 파마하다가 머리통이 군데군데 데는 것쯤은 약과였다." 박완서의 「부끄러움을 가르쳐 드립니다」 소설 속 지문을 보고 그때가 생각났다. 그럼 곱슬머리 아닌 내게도 엄마는 그렇게 했단 말인가. 예닐곱 살 아이에게 불파마를 해주었다면 순전히 엄마의 선도 취향이었을 것이다.

사진을 보면 파마머리가 분명한데 파마 틀을 매달았던 기억은 없다. 나보다 열 살 아래 여동생 돌 사진도 역시 파마머리였다. 아이고, 애 잡을 일 있었느냐고 따지고 싶어도 엄마는 시치미 떼듯 세상에 없다. 파마인지 고데인지 알수 없어도 엄마는 아기 돌날이면 사진관에 가서 돌배기 사진은 물론 우리 남매들 사진까지 찍어 주었다. 나들이에 새옷을 입히고 버선 수눅 옆에는 꽃수를 놓으며 특별한 날에 의미를 두었다. 극성과 거리가 멀다고 생각한 엄마에게도 어린 딸 치장에는 맹목의 막무가내가 작동했던 것 같다.

"엄마-" 높거나 낮지 않은 톤으로 나를 부르는 딸의 목소리가 전화기에서 들리면 생후 처음 방글거리며 양양하게 엄마를 부르던 아기 때가 생각나 뭉클하다. 무슨 대단한 일 했다고 어린 사람은 내게 이런 기쁨을 주는가, 이른 봄 산당화 망울 터지듯 엄마라는 말이 황송했다. 손녀를 봐 달라거나 아쉬워서 전화했어도 가슴을 건드리는 미묘한 파장은 엄마라는 이름 때문일 터다.

군대에 갔던 큰아들이 휴가를 나오더니 어머니! 하고 불렀다. 굵고 낮은 아들의 목소리를 처음 듣는 순간, ○○○ 씨 하고 부르던 젊은 날 그 남자 목소리 같아 철렁했다. 갑자기 변한 호칭이 낯설었으나 막내도 마찬가지였다. 군대 훈화 시간에 이제 어른이 되었으니 호칭을 바꾸라고 했나, 미루어 짐작했다. 아이들이 자라면서 바뀌는 것이 하나, 둘 아닌데 군대까지 다녀온 사람이, 일가를 이룬 어른이 엄마, 엄마 하는 것도 듣기 좋지는 않을 것이다. 어머니! 두 아들이 부르는 소리는 새로 둘러친 울타리처럼 든든하고 믿음직스럽다. 언젠가 학교에 다녀오던 막내를 아파트 마당에서 만났다. 키가 큰 아들이 내 키 높이에 맞추느라 어깨를 숙이며 그날 일을 살갑게 말하고 있었다. "풍경 좋습니다" 뒤에서 들려오는 목소리에 돌아보니 안면 있는 이웃이있다. 모자 모습이 보기 좋다며 웃는 얼굴이 첫여름 나팔꽃처럼 싱그러웠다.

인생은 순간마다 스포트라이트를 받는다. 날마다 맡은 배역의 주인공으로 열연한다. 혈연으로 맺은 본분과 호칭, 학연이나 직장에서 맺은 인연으로 적재적소에서 축포를 터트리며 인간사를 직조한다. 의견이 상충하여 섭섭하였더라도 엄마라면 풀지 못할 매듭은 없을 것이며, 누구나 엄마 몸을 통해서 인류의 구성원이 되었다는 사실만으로 인간은 공평하다. 엄마를 부를 수 있고, 그 호칭에 황송해 하는 사람이 존재하는 한 천지간은 황홀하다.

"사람은 죽었거나 살아 있거나/ 그 이름을 불렀을 때 따뜻해야 하고/ 사람은 잊혀졌거나 잊혀지지 않았거나/ 그 이름을 불렀을 때 눈물이 글썽해야 한다 ……"(「부도밭을 지나며」 –정호승) 아무리 살기 힘들다 해도 이승이나 저승에서 보내는 심원한 눈길을 의식하고 간절한 성원과 우대를 받고 있다는 믿음이 있으면 함부로 살 수 없다. 그리움은 태생적 근원에 대한 회귀본능의 발로이며 자신을 바로 세울 수 있는 나침반이다. 그 이름이 핏줄에 대한 지칭만 말하지는 않을 것이니 인연에 대한 고마움이며 목숨에 대한 예의일 것이다. 누군가의 이름을 떠올리거나 생각하는 것만으로 글썽, 물기 도는 사람이 있다는 것만으로 세상은 견딜 수 있다.

케이팝 젊은이들이 미국이나 브라질, 세계 곳곳에서 어깨 들썩이며 아리랑을 부르면 아리랑이 저렇게 경쾌할 수 있구나, 흥겨워하다가 낯선 곳에 온 듯 서늘해진다. 한민족 특유의 가락이 보일 듯 말 듯 비단 모란 무늬처럼 가슴에 아리랑을 수놓는다. 아리랑은 면면히 이어온 한민족 연대의 가락이며 세상에 대한 긍정의 화음이고 격절의 시간을 이어주는 융합이다. 어디서 누구하고 어울리더라도 네가 있어서 내가 존재한다는 경탄과 보람의 씨줄이며 날줄이다.

창밖에서는 하얀 눈이 별빛처럼 쏟아지는데 유리창을 사이에 둔 꽃 무더기는 장마당의 흥성거림을 다홍으로 풀어놓는다. 유년의 기억은 언제나 알록달록 왕사탕처럼 달콤하고 사월의 꽃보라처럼 눈부시다. 나를 기억하고 애틋이여기는 사람이 있으므로 세상은 살만하고 굳센 언약인 듯살아야 한다.

강물은 흐르면서 기도하네

유등천에는 봄의 정취가 한창이다. 휘늘어진 버드나무에
연두 물이 오르고 휴지기를 마친 풀꽃들이 불쑥불쑥 돋아
나면 개장을 알리는 장마당처럼 흥성거린다. 햇솜같이 부
드러운 바람과 모닥불같이 따사로운 햇살이 누리에 어룽거
리면 무덤덤하던 바위도 덩달아 달아오른다. 백로 한 쌍 조
형물처럼 서 있는 천변 산책로를 걷다가 졸음에 겨워 하품
하고 있는 나무 의자에 앉았다.

연이은 봄비로 수량이 많아진 냇물은 거침없는 젊은이처
럼 발걸음이 힘차고 빨라졌다. 활어처럼 역동적으로 흐르
면서 고층 아파트를 물속 깊숙이 품고 있다. 무엇이든지 품

어 주는 것은 그대로를 이해하고 받아 주는 일이므로 억센 고층 아파트 다소곳이 눈감고 가만히 있다. 청둥오리나 바람이 헤살 놓으면 물살도 아파트도 화들짝 놀라 광채 띤 물보라에 까무룩 정신이 혼미해도 제자리를 찾는 것은, 인연에 대한 고마움이며 서로에 대한 굳건한 믿음 덕분이다. 더러는 맹목의 허상에 매달려 자맥질하고 헛되이 시간 흘려보냈더라도 돌아온 탕자처럼 등 다독이며 안아 주는 것은 애틋한 연민이라 하자.

베란다 구석에서 햇비둘기 이소하고 옆집 둘째가 첫아들 낳고 산후 조리하느라 친정에 머물고 있다. 첫 출근 하는 젊은이 넥타이 매느라 시간 지체하고 겨우내 덥수룩하던 털 이발한 강아지 제 모습 부끄러워 식탁 밑으로 숨었다며 아침 안개 소식 전하느라 바빠도 긴긴 봄날 출처 모르는 굴뚝 소문은 소리 없이 물밑으로 흐르고 있다. 모쪼록 나날이 아무 일 없기를 고층 아파트 날 선 모서리마다 평온하기를 냇물은, 강물은 흐르면서 기도한다.

버드나무는 가느다란 나뭇가지로 그렸다 지웠다 애쓰더니 제 몸에 가락을 지닌 현악기인 듯 연둣빛 나무를 보란 듯이 그려 놓았다. 하늘은 어진 어버이처럼 그림을 그리든지 악기를 연주하든지 춤을 추든지 하고 싶은 일 하라며 한쪽 내어 주고 기다려 주었다. 다보록이 돋아난 꽃다지와 봄까치꽃도 어린이집에 처음 간 아이처럼 해맑은 얼굴로 봄의 바탕색을 칠한다. 연두가 제 몸 크기만큼씩 생각이 깊어지고 녹색으로 여물다가 갈맷빛으로 침잠하면 새 계절이 올 것이니 벅찬 가슴으로 맞으면 될 일이다. 누구나 타고난 성향과 배워 익힌 것 이상 넘볼 수 없으므로 제 용량만큼 쏟는 것이라고 하늘 닮은 봄까치꽃이 새끼손톱만큼 말하고 있다.

나는 배고픔이나 물질적인 가난을 크게 겪지 않았으니 가난의 본질에 대해 잘 모른다고 할 수 있다. 돈이 많았으면 원하는 것을 더 많이 가질 수 있었겠으나 절실하지 않았다. 그러나 글을 쓰면서부터 줄곧 언어의 가난에 시달렸다. 내면에서는 제자리를 찾지 못한 낱말들이 사월의 송홧가루처럼 난분분한데 잡히지 않는 정체 모를 허상에 애를 태웠다. 미성숙한 사고와 형상화하지 못한 언어, 난삽하고 가벼운 문장이 복대기 쳤다. 책을 읽고 사전을 뒤적인다 해도 모래밭에서 금을 찾는 것만큼 막막하였으니 하루아침에 해결될 일도 아니었다. 신선한 낱말, 다른 말로 대체가 안 되는 유일의 어휘 부재에 뼈저린 빈곤을 실감했다. 그것이 생애를 바칠만한 일에 대한 경외심이었는지, 삶에 대한 방어 기제의 작동이었는지, 자신도 모르게 끌리는 문학에 대한 열정이었는지 그때나 지금이나 알 길은 없다.

그러나 모든 인생사가 그렇듯 부질없는 일이었다. 자신의 능력 이상의 것은 쓸 수도, 증명할 길도 없다. 종발이 됐든 바가지가 됐든 제 그릇 크기만큼만 퍼담을 수 있으니 보잘것없더라도 오종종한 종지로나마 부단히 물을 옮겨야 했다. 부족함을 발판삼아 낱말을 수집하고 늘어난 어휘를 사고의 틀에 넣어 숙성시키며 생명을 불어넣어야 했다. 그러다 제풀에 부풀어 오른 문자들이 박우물처럼 흘러넘칠 때 콧노래 부르거나 시침 떼고 정좌한 채 사념이 흐르는 대로 문자를 받아 적으며 정진해야 했다. 그러다 보면 엄청난 물의 양에 놀라거나 발표한 글들이 날개를 달고 저대로의 세상으로 날아가 소명을 다할 것이므로 내 그릇이 작다고 탓할 일은 아니었다. 남에게 해가 되지 않는 일이라면 무엇이든지 허송세월하지 않았다는 것으로 위안 삼으면 될 것이다. 그걸 깨닫고 나니 가난 운운한 것조차 민망한 노릇이다.

'별들은 때맞추어 빛을 내며 즐거워한다. 그분께서 별들을 부르시니 "여기 있습니다." 하며 자기들을 만드신 분을 위하여 즐겁게 빛을 낸다.'(바룩서 3:34,35) 자연도 저마다의 목소리로 가락을 흥얼거리며 역할에 충실하면서 삶을 증언한다. 인공물이 아무리 뛰어나더라도 자연과 비교할 수 없으므로 순연한 조응이 주위를 평화롭게 하듯 자연물 가운데 으뜸인 내가 이루는 일 또한 최상의 업적으로 빛을 낼 것이다.

지금까지 건재한 것도 어린 날 할머니 할아버지, 부모님이 묵주 알 굴리며 기도해 준 덕분이고, 헛헛하고 쓸쓸한 세상 너의 안녕과 도약을 위해 내가 날마다 기도하듯이 시답잖은 글 쓰느라 노심초사하는 날 위해 누군가 그렇게 빌어줄 것이기에 봄날은 눈부시게 아름다운 것이리. 그걸 알았다는 것만으로도 인생은 날마다 축제일처럼 설레고 가멸찬 것이라 할 수 있다.

선選

우리는 언제 어느 때 누구를 만날지 모른다. 누구를 만나느냐에 따라 삶의 지표가 달라지고 보다 나은 인간으로 성장할 수 있다. 그런 영향을 주는 일 또한 생의 보람일 것이다. 인생은 모름지기 미래를 알 수 없으니 수수께끼 같고, 지나고 나서야 아귀가 맞아떨어지며 완성되는 퍼즐 게임 같아 놀라기도 한다. 문득 인연의 묘리가 선득하다.

삼십 대 초반이었다. 남편의 근무지를 따라 세 아이를 데리고 바닷가 소읍에 닻을 내렸다. 아는 사람은 아무도 없었다. 누가 무어라 하는 것도 아닌데 낯가림 심한 아이처럼 지기를 펴지 못한 채 달팽이처럼 웅크렸다. 그러다 바다가 부르는 양 버스를 타고 바다에 다녀오거나 네 살짜리 막내를 데리고 저잣거리로 나가 와자지껄한 활기에 넋을 놓곤 했다. 무엇을 해도, 누구를 만나도 흥미가 없어 늘 가슴 한쪽이 허전했다. 무언가 할 일이 있는데 하지 못하는 사람처럼 매사가 심드렁했다.

어느 일요일, 미사가 끝나고 나오니 누가 다가와 인사를 했다. 새로운 얼굴이라 그랬을 것이다. H문학회 회장이라는 말에 귀가 번쩍 뜨여 다짜고짜 그곳에 들어가도 되겠느냐고 했던 것은 무언가 해보겠다는, 글쓰기를 배워보겠다는 마음에서였다. 젊은 사람도 드문 시골에서 글을 쓰겠다는 사람이 반가웠는지 회장은 반색했다. 어디서 그런 용기가 났는지 모르지만 정작 글 쓰는 것을 가르쳐 주는 사람은 없었다.

내가 하는 말을 마주 앉아 듣거나 읽는 사람 없어도 목까지 차오른 속내를 털어놓는 일은 은근하고 즐거웠다. 글쓰기에 몰두하면서 창작의 기쁨을 알았다. 그러나 낮 밤 없이 무턱대고 써대는 일이 차츰 설계도 없이 집을 짓는 일 같아 불안했다. 주변 사람들의 칭찬도 으레 하는 인사치레 같아 마뜩잖고 글을 발표하면서도 자신이 없었다. 낮에는 아이들에게 시달리고 밤에 일어나 글을 쓰거나 밥상 물린 자리에서 엎드려 무언가 쓰는 일은 성에 차지 않아 바짝바짝 입이 마르고 답답했다. 삼킬 수도, 뱉을 수도 없는 음식물을 덥석 입에 문 사람처럼 난감했다.

당시 가정주부들은 월간으로 나오는 여성 잡지를 많이 보았다. 『主婦生活』은 요리 화보도 화려하고 볼만하였지만, 시사성 있는 기사도 유익했다. 그 잡지 뒷부분에 주부 백일장이라는 코너가 있었다. 한 달에 한 번씩 응모한 시나 산문을 심사하고 순위를 매겨 상패와 상금을 주었다. 심사는 문학평론가인 덕성여대 국문과 K 교수가 했다. 선 안에 든 글과 함께 실린 심사평은 구구절절 의미심장하고 콕콕 집어서 하는 평은 일종의 문학 강의였다. 그는 텔레비전 여러 프로에 나와 문학과 인생을 이야기하여 주부들에게 인기가 대단했다. 박학다식하면서 종횡무진으로 펼치며 성심을 다하는 진정성 있는 말에 매료됐다. 매달 실리는 심사평을 참새가 모이를 쪼아 먹듯이 내 것으로 삼았다. 글은 미숙하더라도 꾸미지 않는 진솔한 표현이어야 한다는 것과 인격체 또한 그래야 한다는 말은 인생 공부와 맞닿았다.

글을 얼마나 잘 써야 이런 곳에 뽑히는 것일까, 선망하면서도 언감생심, 이곳에 뽑히는 글은 따로 있는 것 같았다. 평이라도 받아보고 싶었으나 글에 대해 자신이 없으니 차

일피일 망설이기만 하다가 지레 죽을 것 같아 용기를 냈다. 가차 없는 혹평을 받는다고 해도 억울해하지 않을 것이다. 선 안에 들지 못해 평조차 받지 못하면 미련 없이 글쓰기를 그만두리라 다짐했다. 자질도, 능력도 없으면서 애면글면 속만 끓이느니 차라리 단념해야지, 스스로 잣대를 세우고 검증하려 마음먹었다. 그리곤 집 앞 개울가에 빨래하러 다니며 보고 느낀 소회를 써서 우편으로 보냈다.

기다리는 시간이 더디더라도 끝은 있기 마련이다. 두근거리는 가슴으로 책을 펼쳤더니 뜻밖에 상상하지도 않았던 최고상인 우수작으로 상패와 상금으로 소액환까지 들어 있었다. 얼떨떨한 기분으로 심사평을 읽고 또 읽었다. 그런데 이건 또 무슨 뚱딴지같은 감정이란 말인가, 내 안에는 나도 모르는 내가 있는지 마냥 좋아할 수 없는 두려움이 엄습했다. 전혀 예상하지 못한, 겪어보지 않아서 알 수 없던 각성이며 막중한 책임감이었다.

그 뒤로 마음의 움직임을 중요시했다. 글을 쓰는 것은 결국 부족한 자신과 삶에 대한 반성이며 성찰이고 잘 살겠다는 다짐이었다. 자존감을 가지고 글을 썼던 것은, 객관적인 평이 용기를 주고 힘이 됐기 때문이다. 평자는 조마조마 마음 졸이며 어설프게 그려 내는 주눅 든 서생 문학에 용기를 주려고 작심하여 칭찬했을까. 세월이 한참 흐른 뒤에야 든 생각이다.

어느 날, 시인 친구가 계간 문예지 한 권을 주면서 동인으로 함께 하자고 권했다. 뜻밖에도 발행인이 K 교수였다. 싫다 할 이유도 없었지만, 친구는 내 오래전 이야기를 아는 것처럼 권했을까, 싶어 내심 놀랐다. K 교수께 젊은 날 해주신 말씀으로 힘을 얻어 지금까지 글을 쓸 수 있었으니 참으로 고마웠다고 말씀드리고 싶었는데 속절없이 세월만 흐르고 있던 차였다. 굼뜬 성격으로 쉬이 말씀드릴지 알 수 없으나 앞으로 그럴 기회는 있을 것 같았다. 그때나 지금이나 글은 여일하지만 적어도 나는 사유하였으며 보다 나은 인간이 되려고 애쓰지 않았을까 싶어 K 교수가 고마운 것이다.

명오明悟

추석을 맞아 오래전에 개봉한 〈집으로〉라는 영화를 다시 상영하여 반가웠다. 당시 일곱 살 주인공으로 나왔던 어린 배우는 벌써 어른이 되었는데 아이의 연기는 놀라우리만치 천연스럽다. 어른이 가르쳤다 해도 실제로 그 자리에 있었던 듯, 타고난 듯 자연스럽다. 화려해 보이는 외적인 면과 별도로 다양한 인생을 살아볼 수도, 원하면 자신의 어릴 적 모습을 화면으로 볼 수도 있는 배우가 직업으로 괜찮다는 생각이 들었다. 아이는 스스로 성장하고 아이대로의 지혜가 있다는 것이 새삼스러웠다.

서울에서 홀로 사느라 애쓰는 상우 엄마는 아이를 데리고 일할 수 없어 심심산골 친정엄마에게 상우를 맡긴다. 산골 외딴집은 너와 지붕으로 비가 오면 방안으로 빗물이 떨어져 그릇을 받쳐야 하고, 물조차 귀해 먼 곳에서 길어 온다. 상우 외할머니는 허리가 굽어 지팡이가 없으면 거동을 못하고 눈이 어두워 바늘귀도 꿸 수 없고 말도 하지 못한다. 궁색하기 이를 데 없는 환경에 짐짝처럼 부려진 상우는 마음 붙일 곳이 없으니 좁은 방에서 구들장이 꺼지도록 롤러블레이드를 타거나 종일 게임기만 가지고 논다. 게임기 건전지가 떨어지자, 답답하고 못마땅한 상우는 할머니께 심통 부린다. 할머니는 상우가 원하는 것은 해 주려고 애쓰지만 엇나가기 일쑤다. 상우가 치킨이 먹고 싶다고 전단지 사진을 보여주며 설명해도 할머니가 시골장에 가서 사 온 것은 살아 있는 닭이고 그걸 삶아 내놓았으니 어린 상우는 발을 동동 구르며 울 수밖에 없다. 마음대로 되는 것이 없어도 해가 지고 달이 뜬다.

그러나 상우 외할머니는 얼굴을 찌푸리며 화를 내거나 눈물을 보이지 않는다. 모든 것이 성에 차지 않는 상우가 투덜대며 화를 내도 제풀에 풀어지도록 지켜볼 뿐이다. 열악하기 짝이 없는 환경 속에서 담담히 일상을 살아 내는 할머니의 삶은 차라리 경건하다. 외손자에 대한 정성은 피붙이에 대한 당연한 사랑이라 하겠으나 장마당에서 만난 누구에게나 성심을 다하는 것은, 타고난 성품일 터다. 온갖 풍상을 견디어 내며 안으로 나이테를 더하는 고목처럼 자연 속에 동화되어 살아가는 모습이 진지하다. 홀로 지내면서 내면으로 침잠한 절대 고독이 생명에 대하여 외경심을 갖게 하였는지 모른다. 말을 하지 못하기 때문에 생각은 동굴처럼 깊어졌을까. 무표정 속에는 오히려 수만 가지 언어가, 표출하지 못한 생의 의미가 낙엽처럼 쌓이다가 낙엽이 제 몸 풀어 거름이 되듯 종내에는 모든 것을 품게 되었을까. 인간에 대한 겸손과 존중, 순리대로 살아가는 삶이 경전 같다. 나보다 나을 것 없는 환경에서 담담히 살아가는 사람을 보면 억울한 내 삶도 별거 아닌 게 된다.

아이라고 해도 할머니의 무조건적 헌신과 사랑을 모를 리 없다. 상우는 할머니가 아파서 몸져눕자 이마에 물수건을 얹으며 머리맡을 지키고 밥상을 차린다. 그리고 자리에서 일어난 할머니에게 아프거나 내가 보고 싶으면 편지하라며 맞춤법도 틀리는 두 마디를 가르친다. "아프다." "보고 싶다." 할머니는 엎드려서 연필에 침을 묻혀 가며 생전 처음 글씨를 쓰고 익힌다.

얼마 후, 할머니와 헤어질 것을 아는 상우는 그동안의 소행이 부끄럽고 미안해서, 고맙고 서운해서 정성을 다한다. 여러 개의 바늘귀에 실을 꿰어 실꾸리에 꽂아 놓은 것도 할머니를 향한 일곱 살짜리의 소견이며 화해법일 터다. 할머니 얼굴을 그린 편지를 남기고 상우는 엄마 따라 서울로 떠났다. 홀로 남겨진 할머니는 외손자가 주고 간 편지를 보고 또 본다. 아무 일 없었던 것처럼 지팡이를 짚고 구불구불 산길을 오르내리며, 여름과 가을이 가고 겨울이 깊어가듯 그리움도 깊어간다.

상우뿐이겠는가. 아이들에게는 타고난 지재至材가 있어 누가 가르쳐 주기 전에 스스로 터득하는 자생력이 있다. 생후 백일만 지나면 뒤집기를 하려고 발버둥치며 낑낑거리다가 드디어 몸을 뒤집고 나서 저도 대견한 듯 방긋 웃는 모습은 가르쳐 주어서 하겠는가.

"단풍잎이 빨갛게 물들었네."

수북이 쌓인 단풍잎을 보고 무심코 나온 내 말에 세 살짜리 외손녀가 그대로 따라 했다. 처음 듣는 말이 신기했던지 기억을 더듬듯 천천히 하다가 빠르게 반복했다. 나와 눈이 마주치자, 생긋 웃더니 "단풍잎이 빨갛게 물들었네." 또렷이 말하고 앞으로 달려갔다. 아이는 깡충깡충 뛰어가다 뒤돌아서 단풍잎을 두 손으로 집어 제 머리 위로 꽃가루처럼 던지며 보란 듯이 예의 그 말을 반복했다. 두 돌이 갓 지난 아이는 저의 엄마 입 모양에 집중하더니 단어를 말하고 간단한 문장을 따라 하던 참이었다. 아하, 나는 아기가 이렇게 반복하면서 말을 익히는구나, 새삼 무릎을 쳤다. 정색하며 다시 해보라 말하지 않아도 연거푸 말했다. 이 말을 터득할 때까지 반복하는 아이의 학습 능력, 자연스러운 인지 능력에 소름이 돋았다. 아이가 단풍잎을 들고 발자국을 뗄 때마다 양양하게 종알거리던 소리가 암암쟁쟁하다.

옛말에 일고여덟 살이면 명오明悟가 열린다고 한다. 미숙하더라도 아이들은 젖니 돋아나는 만큼씩 정신도 자라서 언제 그런 일이 있었느냐, 의젓하게 사고의 지평을 넓히는 것이다. 몸과 마음이 부쩍 자란 상우가 버스 뒷좌석에서 할머니가 보이지 않을 때까지 손을 흔들며 서울로 떠나가는 모습이 애틋하다.

솔뿌리 걱정

　비 온 뒤 햇살이 청신하다. 공원에는 다섯 살쯤 되는 사내아이가 비둘기에 둘러싸여 쪼그려 앉아 있다. 왼손에 과자 깡통을 꼭 쥐고 오른손으로 비둘기들에게 연신 과자를 뿌려 준다. 천천히 다가가자, 고개를 반짝 들더니 기다렸다는 듯 말한다. "할머니도 하실래요?" 대답도 하기 전에 과자를 한 움큼 내민다. 해맑은 얼굴, 봉숭아 꼬투리 같은 아이 입에서 나온 깍듯한 경어가 황송해서 두 손으로 받았다. 얼굴이 자그마한 아이는 눈, 코, 입도 자금자금해서 양껏 과자를 쥔 손이 자두만 하고 귀여운 얼굴이 앙증맞게 생겼다. 과자를 비둘기들에게 흩뿌렸더니 서로 부딪치면서 날리는 하얀 깃털이 바람에 날리는 꽃잎 같다.

"아이, 심심해."

뜻밖에 아이 입에서 나온 소리였다. "비둘기하고 노는데 심심해?" 말이 나왔는데 괜히 했구나, 싶은 것은 풀기 없는 아이 말이 심드렁했기 때문이다. 아이 아빠는 바로 앞 벤치에 앉아 핸드폰에 코 박고 있다. 아이에게 과자 한 통 사주고 자기대로 시간을 즐기는 것 같았다. 공원에 가자, 할 때 눈치 빠른 아이는 공원에서 맘껏 소리치고 뛰면서 놀고 싶었을 것이다. 에너지가 솟구치는 아이들 생리가 땀나도록 움직이는 것인데 비둘기 먹이나 주라는 것은 잠시 흥미일 뿐 아이가 혼자 할 짓은 아니다. 하다못해 넓은 잔디밭에서 아빠, 나 잡아봐라, 달리기만 해도 신이 났을 것이다. 실컷 뛰고 나서 아빠와 함께 비둘기에게 과자를 주었더라면 아이는 눈을 반짝이며 비둘기와 눈 맞춤하고, 발가락이 꼭 나뭇가지 같네, 감탄했을 터다. 기대와는 달리 과자 한 통에 할 일 다 했다는 듯 아빠는 혼자 놀고 있으니 아이는 재미없어서 지나는 할머니를 보자 봉숭아 꼬투리가 제풀에 터졌을 것이다.

사람 마음을 얻는 일은 사소한 일로부터 시작이다. 젊은 아빠의 무감각으로 아이 아빠도, 아이도 딱하기 짝이 없다.

요즘 인간관계에서 남에게 배려하고 양보하라는 말이 비누 거품처럼 풍성하나 실행에는 미미하다. 어른과 아이의 관계에서 기준은 아이이므로 어른이 아이에게 맞추어야 한다. 힘 있는 사람과 힘없는 사람의 경우, 힘없는 사람이 기준이다. 부자와 가난한 사람일 때는 가난한 사람이고, 배운 사람과 못 배운 사람은 당연히 배움이 적은 사람이어야 한다. 여럿일 때는 중간을 생각하면 되지만 둘만의 문제에서는 나이가 어리고 지위가 낮고 배움이 부족한 기준에서 생각해야 소통이 되어 사이도, 사회도 원만하게 돌아갈 것이다. 이런 상식이 몸에 익은 사람은 상대를 편안하게 한다. 간단한 세상 이치를 영악한 사람들은 무슨 복잡한 법 조항이라도 되는 양 골치 아파하면서 자기 본위로 생각한다.

젊어서 나도 그랬다. 장난감을 주면서 아이를 혼자 놀게 하고 김치를 담거나 바느질을 했다. 집안일뿐만 아니라 하고 싶은 일도, 할 일도 많은데 아이하고는 옴짝달싹할 수 없었다. 아이를 업고 푸새한 빨래를 밟거나 다림질하고 신문이나 책을 보았다. 개인 주택에 살 때는 동네 아이들과 놀라며 아이를 집 앞 골목에 내놓고 일에 열중하다가 아이가 없어져 혼비백산하여 골목골목을 찾아다녔다. 한참 떨어진 구멍가게에서 아이를 발견했을 때를 생각하면 지금도 등골에서 식은땀이 흐른다. 처음 산 냉장고는 키가 작았다. 열댓 개나 되는 달걀을 모두 바닥에 깨트려 놓고, "엄마, 내가 했어." 겨우 말 배운 아이는 자랑스럽게 또렷이 말하며 저도 잘못을 아는지 제 발바닥을 가리키며 때리라고 매매, 했다. 아이에게 일어나는 모든 잘못은 어른 책임이다. 발등에 떨어진 불이 아니라면 중요한 것은 아이와 놀아 주는 일이었다.

세월이 가면 아이는 자라기 마련이다. 인성을 키우는 일보다 더 막중한 일은 세상에 없으니 그 시간을 함께 견디면 된다. 내가 아이를 키운 것이 아니라 세월이 아이를 키웠구나, 절감하며 환호하는 날이 온다. 그것은 아이를 성장, 고양 시키는 일이며 사회와 세상에 일조하는 중대한 일이었다. 나이 들어서 좋은 것 중 하나가 젊어서 안 보이던 부분이 보이는 것이지만 깨달았을 때는 이미 늦었다. 화사하게 피어나던 꽃 같은 시간, 금쪽같은 시절들이 속절없이 흘러가 버렸다. 인생은 후회가 절반이다.

원하였든 원하지 않았든 아빠가 된 젊은이들에게 육아는 낯설어 피하고 싶겠지만 엄마와 마찬가지로 참을성을 가지고 참여해야 한다. 맞벌이 부부가 당연시되는 사회에서 육아도 아빠의 의무이므로 학습이 필요하다. 실제로 경험하지 않은 일은 귀찮고 어렵다. 학습은 행동의 변화 과정이고 대부분의 인간 행동은 학습에서 비롯된다. 현대에는 유익한 정보와 훌륭한 육아서가 술독에 술 괴어오르듯 풍성하여 배우면 된다. 저절로 얻어지는 것은 아무것도 없다. 아이를 먹이고 입히는 것뿐이 아니라 놀아 주는 것에도 시간을 할애해야 한다. 삶은 가차 없고 누구에게나 엄중한 일이며 모든 일에는 적기가 있다. 아이가 어릴 때 아빠와 함께하는 시간이 많아야 청소년기 자녀와도 대화가 통하는 법이라고 하소연하는 것은 안타까운 노파심 때문일 것이다.

아이가 아빠를 부르는 듯 손바닥으로 빈 깡통을 두드리며 달려간다. 응원한다는 듯 푸드덕, 비둘기가 창공으로 날아오르고 아이 아빠가 벤치에서 일어서며 힘차게 기지개를 켠다. 이제 뒷집 마당 터진 데 솔뿌리 걱정은 접는다. 공원에는 너른 품 같은 봄 햇살이 자란자란하다.

시의 몫

화사한 봄볕이 부르는 듯하여 문밖을 나섰다. 겨우내 시린 눈 깜빡이며 봄을 기다리던 연둣빛 어린싹이 성급한 제 모습에 놀라 고개를 외로 돌리던 것도 잠깐이었다. 이제 나뭇가지마다 연록의 봄소식을 깃발처럼 매달고 제법 의젓하다. 녹음의 계절이나 불붙듯 빨갛게 타오르거나 빈손 들어 연호하거나 자연은 성실한 가장처럼 결결이 새로운 모습으로 생의 찬가를 부른다.

보문산 사정공원 양지바른 곳에는 임강빈(1931~2016) 시인의 시비가 있다. 그 시비에는 「마을」이라는 시가 새겨져 있다. 깨끗한 화강석에 오석烏石을 붙여 쓴 흰 글씨와

최종태 조각가의 기도하는 사람 부조가 단아하다. 오랜 친구이며 탁월한 문장가이기도 한 조각가는 비문에 정감 어린 글로 시인을 기렸다. 정겨운 시와 단순 소박한 조각 작품이 민들레 마을처럼 따스하고 어연번듯한 시비가 맞춤한 눈높이로 편안하다.

옹기종기/ 노랗게 살아가는 마을이 있다// 기웃거리지 마라/ 곧게 자라라// 가볍게/ 더 가벼워져라// 서로가 다독거리며 사는/ 민들레라는 따스한 마을이 있다

— 임강빈 「마을」

대전의 보문산이 누구의 것이 아니듯 「마을」이라는 시가 시인의 것만은 아닐 터다. 이곳을 지나며 한 번이라도 시를 읊조리며 자신의 삶을 떠올리는 사람이 있다면 그의 것이다. 시인이 어떤 의도로 썼든지 읽는 이의 지식과 경험, 성향에 따라 여러 가지 생각을 불러온다면 좋은 시라 할 수 있다. 시 해석에 백인 백색이라는 말이 있는 것을 보면 어려워할 것도 아니어서 저대로의 독법이 유일하다는 것에 의미를 두면 될 일이다.

사람은 살아 있을 때만 인연이 닿는 것은 아닌가 보다.

정작 나는 임강빈 시인을 문학 행사에서 뵈었어도 한참 연배의 선배 문인으로 어려웠기에 말씀을 나눈 적은 없고 우연히 뵈면 목례나 드릴 정도였다. 그렇더라도 간결하면서 담백하고, 투명하리만치 맑고 따뜻한 시가 좋았다.

어느 해 여름 시인의 부고를 전해 듣고 장례식장에 갔다. 그런 인연으로 삼 년 후에 유족이 『나는 왜 눈물이 없을까』 유고 시집을 보내주었다. 고인의 마지막 육필 원고까지 그대로 인쇄하여 반가웠다. 그는 생전에 시집 13권과 시선집 2권을 펴내고 유고 시집을 합하여 모두 16권의 시집을 출간했다. 「마을」은 유고 시집 『나는 왜 눈물이 없을까』에 수록되어 있다.

이 시집은 고인이 살아있을 때 고인과 친교를 나누었던 후배 황희순 시인이 묶었다고 한다. 유고 시詩에는 노시인의 외로움이 빗물처럼 젖어 들고 인생에 대해 담담하고 초연한 심사가 저릿하게 한다. "… 짧은 인생/ 길게 살았다/ 시가 한 몫 거든 셈이다/ 이제는 서둘 필요가 없다// 오늘 시를 묶어서 시집보낸다"(「시집보낸다」) 시가 거들어줘서 짧은 인생 길게 살았다는 시구절이 애틋하고 싱그럽다.

임강빈 시인은 생전에 "내가 죽거든 발표하지 않고 버려둔 시를 유고 시라고 내돌리면 절대 안 된다."고 했는데 황희순 시인은 후학으로서 차마 시를 버릴 수 없어서 고민하다가 출간을 결심했다고 발문에 썼다. "… 이승의 일은 산 사람들의 몫이니 나무라셔도 어쩔 수 없는 일이다. …" 고인은 선배의 시를 자신의 글처럼 소중하게 생각하는 미더운 후배를 두셨구나. 인생길 처처에는 이런 충정들이 이정표처럼 서서 지켜주기에 훈훈한 것이고, 길거나 짧은 삶에서 유형, 무형의 존재들이 알게 모르게 동행해 주어서 견딜 수 있는 것이다. 한 치 앞도, 내일의 안녕도 알 수 없는 것이 인생이다.

과거의 인물이라도 글이나 정신, 사상이 타인의 마음을 움직이면 언제든지 소환하여 회자될 것이다. 인간의 일생에 시의 몫이 있다면 시에 대한 인간의 마음도 있을 것이다. 어떤 삶을 살 것인가, 무엇을 하며 살든지 긴 인생길 풍성하게 살아야 한다. 어릴 적, 소꿉놀이로 하루해가 지는지 모르게 정신이 팔렸듯 생을 향유하고 격조 있는 삶의 은유가 물비늘처럼 반짝여야 한다. 사후의 일까지 염려할 것 없다 하더라도 공존하는 개체에 미칠 영향을 숙고하면서 천착하는 일은 살아생전 염두에 두어야 할 것이다.

오르지 못할 나무처럼 시를 경외하던 나도 이곳에 올 때마다 「마을」을 낭송하면 무엇이나 시를 쓸 수 있을 것 같다. 누구나 시를 이해하면서 써보고 싶도록 동기를 유발한다면 좋은 시라 할 것이다. 그러다가 어찌 감히 그런 마음을 품겠는가. 멋쩍어 고개 들면, "시는 아무나 쓰나." 눈치 빠른 산새가 입을 삐죽거리며 날아간다. 귓결에 듣고 함박웃음 터트리는 하늘이 천연스레 해맑다. 체에 거른 명주바람 달래듯 온몸을 감싸준다. 봄은 언제나 다정하고 유쾌하다.

목련 주사酒邪

　행사가 끝나고 문학관 층계를 내려오는데 나도 모르게 쿡, 웃음이 나왔다. 처음에는 의아했으나 정체를 알았어도 기분은 여전했다. 입춘이 지났지만 찬 기운이 남아 있는 바람 속에서 훈기를 감지하며 어서 봄이 왔으면 싶었다. 유난히 추운 겨울을 보냈어도 딱히 봄을 기다려야 할 이유도, 사연도 없이 무덤덤한 나날인데 갑자기 긴요한 일이라도 생긴 양 마음이 다급했다. 모처럼 쾌미를 느낀 것은 하얀 눈 부릅뜨고 두 주먹 불끈 쥔 채 어슬렁거리며 다가온 한 편의 시였다.

　대전문화재단이 주관하고 대전문학관이 주최하여 기획

한 「중견작가전-대전프리즘」이 대전문학관에서 열렸다. 대전을 기반으로 활동하고 있는 문인 중에서 등단한 지 10년 이상인 시인, 소설, 수필, 아동 문학, 평론 등 작가 열세 명의 작품을 선정하여 2017년 12월부터 올해 2월까지 전시했다. 시와 산문을 액자에 넣거나 걸개그림처럼 늘어뜨리고, 관람객이 작품 앞에 서면 화면이 돌아가며 대사가 나오는 영상은 신선했다. 사각기둥에 작품을 붙이거나 벽에 크고 작은 활자를 하나하나 오려 붙여 섬세하게 변화를 주면서 두세 명의 작품에 칸막이를 세워 아늑하게 독창적인 분위기를 연출했다. 세련된 색채와 독특한 디자인으로 독립된 부스들은 넓은 전시장과 어우러져 조화를 이뤘다. 모처럼 수십 년 동안 묵묵히 글을 써 온 중견 문인들의 작품에 보상이라도 하는 양 화사한 날개를 달아 주었다.

작품 전시 기간에는 두 주 간격으로 목요일마다 중견 작가 두세 명을 초대하여 '작가의 소리 독자의 소리' 시간을 다섯 번에 걸쳐 진행했다. 사회자의 주도로 출연하는 사람의 작품을 본인과 독자가 낭송(낭독)하고 작품을 이야기하는 마지막 시간이었다. 한 지역에서 문학 활동을 한다 해도 소속 단체가 다르면 서로 알지 못하는데 이번에는 대전작가회의 문인들로 모두 초면이었다. 오래전에 등단하고 이미 글로 명성을 얻은 분들이어서 그런지 종횡무진으로 펼쳐지는 사유의 폭이 다양하고 진지하여 시간 가는 줄 몰랐다. 마지막 순서였다. 어느 독자가 시를 낭송하려고 제목을 읊는 순간 아! 탄성이 절로 나왔다. 무언가로 머리를 가격당한 느낌이었다.

반나절 봄비 마신 목련의 치아가 하얗다/ 입술 틈새 봄 냄새,/ 독하다// 취기에 다리가 풀려 저녁내 휘청거리는 모양으론 엊그제 꽃집 트럭에 치인 무릎은 다 아물었다는 뜻이려니// 그날 분이 덜 풀린 모양이다/ 제 곁에 소주병 들고 가는 남자의 목덜미 낚아채는 솜씨라니// 그것으로 취하겠느냐,/ 힐끗대는 눈빛이 하얗다// 그런다고 생의 통증이 지워지겠느냐,/ 하나둘쯤 품고 견디면 아무는 것을// 독백마저 새하얀/ 입술 틈새 봄 냄새,/ 독하다

— 이강산 「목련 주사酒邪」

나는 술을 마실 줄 모른다. 술맛도, 맞장구치며 대작할 줄도 모르니 남들의 즐거운 기분만 깰 것 같아 그런 자리에 끼지도 않는다. 아버지는 저녁 식사 중에 반주 한 잔 든 것으로 얼굴 붉어져 자리에 누우셔서 술을 마시면 그렇게 조용히 자는 것인 줄 알았다. 살아오면서 술 취한 사람들의

버릇, 주사가 천태만상인 것을 알았다. 입에서 풍기는 역겨운 냄새도 견딜 수 없고 끝없이 내뱉는 허튼소리를 들어줄 인내심도 없어 자연히 술 취한 사람을 피하게 된다.

옛 분들은 술을 석 잔 이상 마시면 판단력이 흐려져서 실수하게 되니 경계하라 했으나 평생 쌓아 놓은 명성이 술로 인해 한순간 무너지는 것을 보면 절제가 쉽지 않은 모양이다. 적당히 마신 술로 주위 사람을 흥겹게 한다면 모를까 억눌리고 쌓였던 울분이나 터트리며 남을 괴롭힌다면 고쳐야 할 병이다. 현대 사회에서 술의 장점은 널려 있으나 남에게 피해를 주는 술버릇은 악습이며 폐단이다. 아무리 좋은 이야기라도 맨정신으로 하지 못하고 술의 힘을 빌리면 온전히 들리지 않는다. 술에 취해 함부로 행동하다가 잘못이 드러나면 기억에 없다며 아무렇지 않은 듯 천연덕스러운 사람을 보면 학식이 많거나 지위가 높더라도 인격에 문제가 있다. 과음이나 주사에 대해 가지고 있는 내 사고도 요지부동하고 공고하여 타협의 여지 없는 성이었다. 머지않아 주택가 골목길 지나는 등짝에 대고 하얀 눈 흘기며 주먹질해대는, 소리 없는 함성을 들을 것이다. 세상에는 이렇게 조용한 주사도, 대낮에 하얀 깃발 휘날리며 천하를 호령하는 묵언의 술주정도 있다니 반평생 옹위해온 편협한 사고도 수정해야겠다.

　작금에 벌어지는 인간들 도저히 눈 뜨고 못 보겠으니 제발 인간성을 회복하라고, 무위와 안일, 이기와 독선에서 탈피하여 순수를 찾으라고 삼천리 방방곡곡에서 내지르는 하얀 시위도, 봄 냄새 풀풀 풍기며 불의에 항거하는 거룩한 투사의 항쟁도 견디어야겠다. 인생이 별거더냐, 하루 살다 가면 그뿐, 뭐 그리 대단하여 죽도록 원한을 품겠느냐, 제 향기에 취하여 단호한 모습으로 이우는 목련꽃처럼 양지쪽에 앉아 살아온 세월에 대해서 반성문이나 써야겠다. 공고한 성을 일격에 무너뜨리는 시의 위력, 은유와 함축, 간명한 마술사인 시인의 권위에 대해 경외심이 들었다. 한나절 독작으로 취하게 봄비 마신 목련과 대작하고 싶어, 그의 주사가 보고 싶어 봄, 봄을 기다린다.

하현달의 묵시黙示

  누가 흔들었던 듯 새벽잠에서 깨었습니다. 전등 스위치를 눌렀으나 불이 들어오지 않았어요. 밖을 내다보니 아파트 가로등도 꺼진 것이 정전이었습니다. 암흑천지여야 했는데 희미하게 빛이 비쳤습니다. 고층 아파트 모서리에 스무사흘 하현달이 해사하고 깔밋한 모습으로 빛을 발했습니다. 60호 크기의 창문 화폭에는 청회색 바탕에 노란 하현달이 한 폭의 풍경화로, 그 겨울의 직유로 빛나고 있었지요. 달은 눈으로 보이지 않지만 분명 왼쪽 모서리에서 오른쪽으로 움직이며 뜻밖에도 저를 지켜보고 있었습니다.

  고졸한 정취를 완상하려고 베개를 돋우고, 은사처럼 부드러운 신의 있는 가장처럼 은근한 달빛을 오래도록 응시하였습니다. 달과의 대면이, 이심전심으로 전해지는 정서가 편안하여 우주 속에 초대받았다는 느낌이었습니다. 왼쪽이 둥근 반달인 하현달은 차마 부치지 못하고 묻어 두었던 연서였습니다. 생각만으로 가슴 시리고 천지간 모든 것이 광채를 띠다가, 모르는 게 좋았겠다, 인연에 애달파하던 사연이 아직도 새벽하늘에 해쓱한 얼굴로 떨고 있는 줄 몰랐습니다.

남정현(1933~2020)의 「분지」를 읽었습니다. 1965년 현대문학에 발표된 이 소설은 당시 사회상과 미국에 대한 정부 고위직, 국회의원들의 굴절된 사고방식이 그대로 드러났습니다. 소설이 난데없이 북한 노동당 기관지에 실리는 바람에 소설가는 국가보안법 위반으로 투옥되고 고문을 받으며 필화를 겪었지요. 저는 풍자 소설의 매력과 만연체 문장의 유연함에 경도되었습니다. 우주를 품고 있는 것 같은 소설가의 넓은 마음과 인생에 대한 경륜과 사상이 도저하여 글에 함빡 빠졌습니다.

소설가는 2018년에 첫 산문집 『엄마 우리 엄마』를 출간했습니다. 기자와 인터뷰하던 소설가는 필화 사건 때 이야기를 하였지요. 문학이란 무엇입니까? 판사가 물었습니다.

"문학은 인간을 사랑하는 작업입니다." 소설가는 망설임 없이 대답했습니다. "저를 사랑한다고요?" 순간, 저는 졸지의 사랑 고백에 아득했습니다. 너무 고귀해서 가슴 먼저 설레고 입에 올리기도 저어되는 사랑을 그는 제게 고백했습니다. 어째서 그렇게 들렸는지 모르겠습니다. 바람에 너덜거리는 벽보처럼 흔해 빠진 사랑을 경멸하던 제게 그 말은 충격이었지요. 산문집을 읽고 나서 길 가는 사람 아무나 붙들고 읽어 보라 하고 싶었어요. 내용이나 문체에서 쉽게 흉내 낼 수 없는 유장한 글은, 곡진한 삶을 살아 낸 분의 안타까운 사랑이며 절규였습니다.

구순이 다된 작가의 어머니는 모처럼 집에 찾아온 아들이 고마웠습니다. 어려서 너더댓 번의 죽을 고비를 넘기며 지금까지 살아 있는 것이 신기해서 잠을 잊은 채 머리맡을 지켰습니다. "너를 보고 싶어서 잠을 잘 수 없다. 너는 오래 살아야 한다." 새벽녘 잠에서 깬 아들은 엄마 말에 깜짝 놀랐습니다. 아들은 엄마 목을 와락 끌어안으며 큰소리로 외칩니다. "엄마보다 오래 살 거야. 두 배는 더 오래 살 거니까 걱정하지 마세요." 그러나 작가는 나라와 민족이 위기에 몰릴 때마다 병약한 몸으로 시위대 행렬에 한 번도 나서지 못한 것이 평생 한이 되었고, 역사적 고비마다 목숨을 던져 사라져간 열사들에게 부끄러웠습니다. 세속의 욕망에 연연하여 목숨을 부지해 온 자신이 싫어서 도무지 살고 싶지 않았습니다. 그러니 엄마에게는 죽을죄를 지었다며 엎어져 통한의 눈물을 쏟았던 것이지요. "엄마, 용서해 주세요." 인간이라면 모름지기 이런 마음을 가져야 한다고 작가는 몸소 보여 주는 것 같았어요. 저는 우리 남편과 아이들에게도 읽어 보라며 이 책을 주었습니다.

좋은 글은 작가를 그리게 한다던가요? 단박에 소설가를 만나고 싶었지요. 그러나 때는 바야흐로 코로나19가 유행하여 꼼짝할 수 없었습니다. 저는 코로나가 끝나기를 바라면서 만리장성을 쌓았지요. 만나서 무슨 말씀을 드릴까, 근처 공원을 걷다가 의자에 앉아서, 선생님, 그 소설 제목은 아무래도 잘못 붙이셨습니다, 농담 삼아 말씀 드리고 아, 어떤 소설이 너무 웃겨서 배꼽이 빠질 뻔했다니까요. 어느 한정식집으로 모실까. 치아 때문에 고생하셨으니 죽을 사 드려야지, 담백하고 깊은 맛의 녹두죽을 쑤어 갈까, 저는 수필을 쓰는데 매번 처음인 듯 답답하여 견딜 수 없습니다. 저도 이렇게 유쾌한 글을 써 보고 싶어요. 나이 들수록 정신도, 글도 여유가 있어야 하지 않겠어요. 그분이 저를 사랑한다니까, 거리를 걷다가 바람이라도 불면 코트를 벗어 어깨에 걸쳐 드리고 팔짱을 끼고 걸어야지요. 그리고는 카페에 앉아 차를 마시며 밀어를 나누리라, 창대한 꿈을 꾸었습니다. 그분이 먼저 제게 사랑 고백을 하였다니까요. 흠모하는 마음으로 모시고 싶었어요. 혹여 제가 여자라서 엄격한 율사처럼 난처해하시면 저를 이해하는 친구 하나 동행하려고 물색하였지요. 셋이 만나려고요. 그분 댁이 서울시 문화유산으로 지정되었다니 집 주소까지 알아두고 하마하마 코로나가 물러나기를 학수고대하고 있었습니다. 아, 그런데 말입니다. 이렇게 허망한 일이 있을까요. 제 사랑 고백을 듣지도 않고 그분은 지난겨울(2020년) 서둘러 먼 길을 떠나셨습니다.

문인 부고란을 보고 기가 막혀서 거짓말 같았습니다. 그때 어느 시인이 문자를 보냈습니다. "OOO 선생님께서 돌아가셨다는 소식을 들었습니다. 문학계의 큰 어른을 잃었습니다. 고인의 명복을 빕니다." "네, 저도 망연자실하고 있었습니다. 인생이 저를 희롱하는 것 같아 갈피를 잡을 수 없습니다……." 이 문자를 보내고 모닥불을 뒤집어쓴 듯 얼굴이 확 달아올랐습니다. 인생이 희롱하다니……, 제가 어른들을 찾아뵈려고 마음먹으면 돌아가시는 것을 몇 번 겪고 나서 든 생각이라 해도, 아무리 경황없다 해도 그런 말을 하면 안 되겠지요. 그때를 생각하면 얼굴이 화끈거립니다. 고인을 위해 연미사를 청하고 위령기도를 해드리는 것으로 정리했습니다. 이승에서 고초를 겪었는데 또다시 그래서는 안 되잖아요.

저는 딸에게 저간의 일을 말했어요. 가만히 듣던 딸이 한마디 했습니다. "아이구, 우리 엄마, 짝사랑했네." 순간 빵, 웃음보가 터졌습니다. 정말 그런가요? 한 번도 만나지 못하고 속절없이 끝났을망정 짝사랑도 더없이 소중했습니다.

남들이 읽어 주지 않는 수필에 매달려 물 한 방울 무게만큼의 의미도, 자신도 없는 글을 쓰느라 애면글면 속을 끓였습니다. 그분이라면 선한 인자함으로, 인간에 대한 사랑으로 제 글을 성심껏 읽어 줄 것 같았습니다. 세상에서 한 사람이라도 제 글을 이해하고 도와줄 문학의 스승이, 문장의 고수가 간절했던 것이지요. 사무치게 그리운 날은 그분의 책을 읽으려고 합니다. 문인은 어떤 글을 써야 하는지, 어떤 글을 남겨야 하는지 과제로 남았습니다.

하현달은 빨간 치마 색동저고리에 받쳐 신던, 돌배기 타래버선 코에 매달렸던 꽃술이었습니다. 아름다움은 얼마쯤 슬픈 일인가요. 노란 꽃술도, 하현달도 애틋하기는 매일반입니다. 누구나 타인의 삶에 선한 영향을 줄 수 있다면 보람이겠지요. 결국 문학도 존재만으로 애처로운 인간에 대한 사랑이므로 글 쓰는 것 자체가 숭고한 일인데 달리 무엇에 연연하겠습니까. 여명의 빛으로 아파트 실루엣이 드러나고 할 일을 다 했다는 듯 하현달은 담담히 사위어가고 있네요. 동살이 비치고 있습니다.

2부

인연은 물길처럼

겨울 아침 아궁이 속 왕겨 불처럼 가을볕이 따사롭다. 오른손으로 풍구를 돌리며 왼손으로 한 옴큼씩 왕겨를 집어 던지면 불은 속에서부터 발갛게 달아올랐다. 동산에 퍼지던 해돋이인 양 환한 주황빛 불은 자애로운 어른처럼 은근하고 웅숭깊었다. 철없는 아이처럼 다른 일 그만두고 풍구질이나 하고 싶게 돌돌거리는 소리 정겨웠고 그 시간은 따뜻하여 오붓했다. 불꽃을 내며 활활 타오르지 않아도 불씨만 있으면 뭉근하게 번져가던 왕겨는 의외로 화력이 강했다. 마중물 부어 펌프질로 가마솥 채우고, 꽝꽝 얼어붙던 한겨울 새벽 추위를 아궁이 불빛과 열기로 견딜 수 있었다.

몇 년 후, 뒤란에도 수도를 놓고 삭정이 꺾어 밥을 하였으나 시댁의 겨울은 언제나 오연하게 피어나던 왕겨 불로 다가왔다. 녹색 저고리 다홍치마에 흰 앞치마 두르고 아침밥 짓던 새댁의 정취가 은밀한 추억처럼 그윽하다.

지난 추석에 딸아이가 제 시댁에 다녀오면서 땅콩을 가져왔다. 밭에서 캐자마자 흙 씻을 새 없이 서둘러 온 땅콩을 닦아서 쪘더니 알맹이가 실했다. 땅콩을 볶아 먹기만 하다가 물에 삶아서 까먹는 맛이 담백하고 은은하여 질리지 않았다. 햇땅콩의 고소한 맛은 볶거나 쪄도 매일반이었다. 모두 쪄서 먹기에는 너무 많아 흙을 씻어 내고 싸리 채반에 건져 놓았더니 하루 만에 바짝 말랐다. 물 잘 빠지고 통풍 좋은 채반이 농산물 건조에는 제격이어서 플라스틱 채반과 견줄 바 없는 효능에 감탄했다.

베란다에 앉아 땅콩을 까면서 뜬금없이 새댁 시절이 떠오른 것은, 정수리와 이마에 닿는 가을볕이 여지없이 그때 겨울 아침의 감흥을 불러왔기 때문이다. 기억은 범절 모르는 이웃집 아낙처럼 난데없이 출현하여 당황하게 하지만 그것이 우리를 살게 하는 힘인지 모른다. 땅콩 껍데기 속에 야무지게 콕콕 박힌 분홍색 보얀 알맹이를 집어내면서 사돈 어른께 고맙고 미안한 마음 갈피 없어 허둥거린다. 그분 생전에 딸아이는 물론 우리 집까지 살펴 준 정성이 비할 데 없이 과분하기 때문이다.

딸아이 상견례 자리였다. 사위 될 사람이 네 남매의 막내였으니 사돈어른은 우리와 10년이나 연치가 높았다. 젊은 이가 양쪽 집안사람들을 소개했다. 시골에서 올라온 어른 내외는 인사를 하고 아무 말씀이 없었다. 볕에 그을려서 거무스름한 얼굴에 온화한 표정이 달무리처럼 어렸다. 노인 얼굴이 어쩌면 저토록 맑을까, 무표정한 듯 담담하면서 눈빛이 선하고 인자한 인상이었다. 안 사돈 될 분이 "사돈댁이 젊어서 좋아요." 졸지에 젊은 사람이 된 우리 내외는 아드님 인물이 훤하고 착하게 생겼어요. 딸 아이가 공부한다고 살림도 안 해봤는데 밥이나 제대로 할지 모르겠다고 말했던 것 같다. 그리고는 아기들 백일이나 돌잔치에 만나서 서너 번 밥을 함께 먹었을까. 그때마다 별말씀 없었으니 원래 그런 분 같았다.

산과 들에 수런수런 신록이 번지기 시작하던 무렵, 사돈어른은 떠나셨다. 병환 중인 것을 알면서도 코로나로 병문안조차 갈 수 없었다. 장례식장을 찾아가는 고속도로 양편에는 눈맛 좋게 초여름의 녹음이 싱그러웠다. '자애로운 분이 좋은 시절에 떠나셨구나.' 빈소에 도착하니 외손녀들이

64

달려왔고 뜻밖에 딸은 얼마나 울었는지 눈이 퉁퉁 붓고 말도 제대로 하지 못했다.

마음이 어질고 따뜻한 분한테 얼마나 사랑받았는지, 그분이 자신을 얼마나 귀하게 여겼는지 이제야 알았을까. 네 살, 여섯 살 한참 손이 가야 하는 두 아이 건사하며 직장에 다니느라 시간에 쫓겨 동동거렸을 테니 자주 찾아뵙지도, 잘해 드리지도 못한 것이 후회스러워 눈물 흘렸을 것이다. 명절이나 집안 행사에 시골에 내려가면 사돈어른은 철부지들 비위를 맞춰 돌보시니 아이들도 할아버지만 찾는다고 했다. 며느리 쉬라고 아기들 데리고 밖으로 나가셔서 친정보다 오히려 시댁 가는 것이 편하다고, 용돈이라도 드리면 어느새 봉투를 놓고 가셔서 당황했다고 했다.

자신을 각별하게 여기는 한 사람이라도 세상에 존재한다면 살아가는 힘이 된다. 험한 세상, 도무지 견딜 수 없어도 그 사람을 생각하고, 그 사람 마음을 다치게 할 수 없어서 살겠다고 마음 다지게 된다. 인생은 늘 지나고 나서 후회한다. 마흔이 넘었다 해도 세상을 모두 알기에는 이른 나이일 것이다.

가을걷이 끝나서 곡식이며 고춧가루, 참깨까지 택배로 받으면 도무지 미안하고 황송했다. 전화를 드리면 얼른 안사

돈을 바꿔주셔서 대화 한 번 제대로 나누지 못했다. 그분 성정으로 내외하셨을 것이다. 매년 땅콩 알맹이를 받아서 볶아 먹기만 하다가 하나하나 껍데기를 까다 보니 꽤 시간이 걸렸다. 잘록한 땅콩 속에서 알알이 얼굴 드러내는 알맹이들이 사돈 내외의 땀방울 같아 눈시울이 뜨거워진다. 이제 땅콩을 보내 줄 사람은 없을 것이다. 농사일에서 손 놓으라고 자식들이 성화같이 말씀 드려도 자리에 눕기 전까지 일에서 손 놓지 않으셨던 것은, 자손은 물론 당신과 연이 닿은 사람들까지 손수 지은 농산물을 나누어 주고 싶은 덧정이었을 것이다.

인연은 어디서든지 물길처럼 이어져 삶을 도도하고 유장하게 한다. 짧은 연이었으나 사돈어른은 낟알 여물게 하는 가을볕 같은, 아궁이에서 우련하게 번져 가던 왕겨 불같은 온기로 남았다. 인간은 복록이 다하는 날 이승을 하직한다는데 내 생애를 돌아보면 발자국마다 축복이었다. 아직도 끝을 알 수 없는 복록이 아연해서 주위를 두리번거린다.

손의 화두

　손글씨 전시회에 다녀왔다. 일명 캘리그라피라고 하는 다양한 글씨체가 화사한 얼굴을 뽐내듯이 당당했다. 글씨를 쓴 것인지 디자인한 것인지 경계가 모호한 것도 있으나 정성껏 쓰고 표구하여 유리 액자에 넣은 글씨가 아담했다. 개성 있는 글씨가 시원스럽고, 동글동글한 글씨는 정겨웠다. 한글 서체의 기본인 궁체가 단아하고 오밀조밀한 민체는 다정했다.

　조선 후기에 이야기책을 전문적으로 읽어 주는 전기수傳奇叟가 있었다. 그는 부잣집에 불려 가서 책을 읽어 주거나 오가는 사람들이 많은 도시 길목에 자리 잡고서 당시 유행하던 숙향전, 심청전, 장화홍련전 등을 읽어 주며 돈을 받았다. 책이 귀하던 때라 이야기책을 빌려주는 세책가도 생겨났다. 이때 사대부가의 여성들이 책을 빌려와서 읽고는 아쉬운 마음에 보관하려고 글을 필사했다. 필기구는 붓이었으나 얼굴 모습이 다르듯 글씨 모양도 달랐을 것이다. 소설 필사본이 유행하면서 다양한 글씨체가 생겨나고 민간 사대부나 평민들이 쓴 필체를 민체라고 했다.

신영복은 통혁당 사건으로 옥살이하는 동안 붓글씨를 쓰고, 자신의 글씨체인 신영복체를 이룩했다. 출옥한 후에는 가족들에게 보낸 편지를 모아 『감옥으로부터의 사색』이라는 책을 엮었다. 묵직하고 단호한 서체의 책 제목이 시선을 끌고, 깊은 사색에서 길어 올린 정제된 언어와 심도 있는 문장이 서느렇게 가슴을 울렸다. 「붓을 잡는 두려움」이라는 글을 읽으면 한 분야에서 일가一家를 이룬다는 일이 얼마나 어려운가 싶고, 끊임없는 성찰과 엄격한 수련이라야 그런 경지에 도달할 것 같아 숙연했다. 그는 20여 년 수형 생활 동안 붓글씨를 쓰고 독서를 하며 글에 천착했다. 글씨 속에는 재바른 손의 기능뿐만이 아니라 올곧은 정신의 결기가 엄엄했다. 글씨를 배우는 사람들이 신영복 서체를 본보기로 삼았다는 것은 그의 웅숭깊은 인품과 위풍 때문일 것이다.

〈그날을 쓰다〉를 전시한 글씨는 4·16세월호 참사 유족과 관련자의 구술증언록『그날을 말하다』100권을 55명이 읽고 발췌한 부분을 붓이나 펜으로 썼다. 전시장을 돌면서 글씨의 내용을 읽다 보니 발걸음이 더뎠다. 배가 서서히 침몰하는데 어째서 아이들을 구하지 못했는지, 세월호 참사를 겪은 가족들의 어처구니없는 분노와 진상 규명을 부르짖는 절규와 답답한 심정이 고스란히 담겨 있다. 울분을 삭이며 속으로 울 수밖에 없는 자식에 대한 그리움, 애달픔, 고마움, 미안함이 글씨 곳곳에 사금파리처럼 박혀서 가슴을 찔렀다. 사고냐, 사건이냐, 무엇이 문제였는지 왕배덕배 말만 무성한 채 8년여의 세월이 흘렀어도 밝혀진 것은 없다. 사람의 마음을 이해한다는 것이, 진실을 밝힌다는 것이 장강長江을 헤엄쳐 건너듯 어려운 일이라는 것을 확인한 듯 안타까웠다.

손글씨 쓰기를 취미로 가진 사람들이 구술 증언록을 택해 글씨를 쓴 것은, 그들의 고통에 동참하려는 연대 의식이었을 것이다. 글씨 쓰기가 일천 하더라도 수없이 반복하면서 그들 방법대로 그날을 증언하였기에 의의 있다. 슬픔을 당한 사람과 함께할 때 슬픔은 반감되고 내 불행 앞에서도 다

른 누군가 함께 할 것이기에 남을 위한 봉사가 책무처럼 중
요한 까닭이다.

글씨 쓰기는 두뇌의 작동뿐만 아니라 육체의 일부인 손이
도와야 가능한 일이었다. 톱니바퀴 맞물려 기계가 돌아가
듯, 혈류에 맥이 통하여 사고하듯 머리와 손이 연동하여 펼
쳐 놓은 기예는 아름답고 업적은 따뜻했다. 어느 분야의 예
술이든 진실을 증언하고 아름다움을 창출한 것이 손의 공
헌이었다는 사실이 대단한 발견인 듯 머리를 쳤다. 흔히 말
하던 혼연일체는 손과 머리의 상호 보완으로 가능했다. 그
러자 생각 없이 평생 부려 온 주름진 내 손에 미안하여 연
인의 손을 잡듯 가만가만 위무했다.

전시하는 글씨를 묶은 책을 샀다. 그곳 회원이 사인해 준
다기에 물끄러미 바라보았다. '세월호는 지금도 항해 중 잊
지 않겠습니다.' 이 문장을 펜으로 척척 쓰는 것이 아니라
세필로 글씨를 만들 듯, 그리듯이 썼다. 글씨를 쓰는 손이
충복처럼 진지하고 손금처럼 섬세했다. 우아한 글씨체가
나오기까지 많은 시간과 공력이 들었을 것이다. 무엇을 쓸
것인가, 사유하는 손의 화두다.

퓰리처상 사진전에서

1. 그곳에 사람이 있다

대전시립미술관 잔디밭에는 할 말이 남아 있는 사람처럼 여름이 서성이고 있었다. 연두로 빛나던 봄빛과 달리 풀어내지 못한 사연이 초록으로 남았다. 나무 그늘 밑에서 담소하는 젊은이들은 갈맷빛으로 흐르고 생각이 많아진 듯 햇살도 자차분했다. 봄 지나면 여름, 가을 오듯 세월은 언제나 징검돌처럼 담담하고 생과 사의 현장을 관통하는 명징한 사진들은 정신을 긴장, 이완시켜서 아득했다. 다시 이곳을 찾았더니 어느새 한 계절이 지나고 있었다.

미술관 정면에는 산소통을 멘 소방관이 불길에 그을린 아기를 안고 들여다보는 사진이 걸려 있다. 검은 분진이 묻은 장갑 낀 손으로 껴안은 금발의 아기는 알몸으로 고개를 뒤로 젖힌 채 의식을 잃은 듯싶은데 무장한 소방관은 안타까운 듯 바라본다. 몸을 감쌀 겨를조차 없이 뛰쳐나왔을 급박했던 상황이 천연스레 붉은 벽돌과 은빛 철제 사다리가 말해준다. 1988년 마지막 날 아침에 일어난 화재 현장 사진으로 론 올슈웽거(Ron Olshwanger) 기자는 이듬해 퓰리처상을 받았다.

이 상은 미국의 저널리스트이며 신문사 경영자인 조지프 퓰리처(Joseph Pulitzer, 1847~1911)의 유언에 따라 사후 1917년 미국에서 제정되고 매년 언론과 문필 분야에서 뛰어난 업적을 세운 사람이나 기관을 뽑아서 수여한다. 사진 부분은 1942년부터 시상하고 그해 찍은 사진 중에서 탁월한 작품을 동료 기자들이 선정하여 신뢰를 준다. 오래전, 예술의 전당에서 퓰리처상 전시회를 처음 본 느낌은 앞 못 보던 사람이 개안하듯 가슴이 벅차오르며 서늘했다. 낱낱의 사진은 쉬이 반응하지 않던 무딘 가슴을 뒤흔들었다.

인간은 총알이 날아오는 절박한 순간이나 무섭게 달려드는 화마의 저주, 위협적으로 달려드는 자연의 거센 물살에 속수무책으로 당하면서 사투를 벌였다. 기자는 목숨이 촌각을 다투는 현장을 조망하며 포커스를 맞추고, 투철한 직업의식과 첨예한 감각으로 위기의 찰나를 포착했다. 권좌를 위해서 총부리를 겨누는 비열한 인간의 하수인에게 카메라를 들이대고, 인종 차별을 규탄하는 평화적 시위에 최루탄을 발사하는 공공의 적을 고발했다. 성난 군중의 울부짖음에 귀를 기울이고 극한 상황에서 살아난 생명에 안도하며 축복하는 현장을 카메라에 담았다. 온몸으로 맞서 싸우다가 화해하면서 악수하는 유일의 장면에 고마워했다.

사진 앞에 서면 자연재해는 지구상 인류 누구에게나 일어날 수 있는 재앙임을 실감한다. 절체절명의 순간이 닥치면 그동안의 명성이나 절대 권력, 천정부지로 쌓아 올린 재산이 모래성에 불과하다는 것을 깨닫는다. 재난 앞의 인간이 가을바람에 휘날리는 낙엽보다 가벼운 것을 체험하면 순수하고 겸허해질 것이다. 정신을 긴장시켜 불편한 데도 이곳을 찾는 것은, 보잘것없는 인간이 마음을 펼치면 우주를 싸안을 만큼 넓어서 광휘롭게 한다는 것을 알기 때문이다.

한때 사진 찍기에 심취한 적이 있다. 꽃이나 나무, 풍경에 조응하는 인물이 위치와 각도에 따라 다른 느낌에 천착했다. 자연물의 정연한 배열이나 천연의 미감에 환호하며 구도를 달리해서 초점을 맞췄다. 기하학적 구조물에 눈이 번쩍 뜨이고 꽃송이의 심오한 빛깔과 섬세한 조직에 환호했다. 대상에 대한 탐색은 미에 대한 탐구였을 것이다. 차별초점을 맞춘다는 예술 사진이 아니라 시야 심도나 맞추는 초보자 터수였지만 현상된 흑백 사진에 제목을 붙이며 즐거웠다. 그런 일이 있었나, 까맣게 잊었는데 글을 쓰면서 일천 했던 세월의 구간이 어느 해 봄날처럼 선명했다. 까닭 없는 사물이 없듯 이유 없는 맹목의 시간도 없다. 순간의 기록을 중요시하는 현장과 시사성 사진과 맥락이 다르더라도 아름다운 자연의 발견은 사진을 이해하는 계기가 됐다.

돌발적인 자연재해나 예기치 않았던 사건, 사고에서 생각할 여지 없이 즉각적으로 몸이 반응한다는 저널리스트 기자의 선의지가 고마워 눈시울을 붉힌다. 순간의 찰나라는 사진과 눈 맞추며 가슴을 강타하는 기민한 역동성에 숨죽인다. 그들이 아니면 폭군처럼 휘두르는 자연의 난폭함을, 저열한 인간의 적나라함을, 동토에도 꽃이 피어나는 발열 현장을 누가 보여 주겠는가.

퓰리처상의 본질은 인류 역사의 순차적 기록이며 찰나의 영원이고 미의 정점이며 진실의 규명이다. 그곳에 사람이 있고 목숨이 있고 휴머니스트가 있다. 인간사에서 그보다 중한 일은 없으니 등정 주의에 경도될 이유도 없다. 아름다움을 향한 욕구와 마찬가지로 진실을 향한 추구도 있으니 그것의 지향은 우리를 선으로 이끌어 줄 것이기에 인류는 이 땅에서 숨을 쉴 수 있는 것이다.

전쟁의 공포를 담보한 저널리스트의 발길이 저절로 현장을 누빈다는 투철한 직업의식에 경의를 표한다. 태어난 이상 불꽃 같은 삶을 살아야 한다고 쉽게 말하지만, 누구나 그렇게 살 수 없다. 세상의 변화를 꿈꾸며 진실을 증언하고 기록의 역사를 확장하는 이들이야말로 그런 삶을 택한 사람들이다. 전시장은 한겨울 산마을인 듯 적막하고 이따금 들리는 발소리 조심스럽다.

2. 씩씩한 가을

모든 글은 그것을 쓴 사람이 가장 잘 아는 법이다. 글을 쓸 때의 심정과 정서, 처지와 상황을 작가 말고 누가 제대로 알 수 있겠는가. 무엇이든지 촉각이 발동하면 생각과 지식, 경험을 총동원하여 몰입하기에 글을 쓰는 이유는 물론 맥락을 정확히 알고 있다. 발표한 글에 대해 궁금하면 독자는 작가에게 물어볼 수 있겠지만 그렇다고 모두 답할 이유는 없다. 단정적으로 말할 수 없는 것은 사람마다 달리 생각할 수 있으므로 판단의 오류를 범할 수 있기 때문이며 사진도 마찬가지다. 사진을 찍던 현장과 주변의 상황, 앞뒤의 맥락과 의도를 가지고 작가만의 감각으로 피사체를 겨냥하고 셔터를 누른다.

어느 날, 아침 신문을 보면서 가슴 아팠던 사진을 퓰리처상 사진전에서 다시 보았다. 풀도 없이 메마른 벌판에는 갈비뼈가 드러나도록 앙상한 체구의 어린이가 몸으로 기도하듯 머리를 땅에 대고 엎드려 있다. 검은 피부의 아이가 식량 배급소를 찾아가다가 기력이 다해 멈추었다고 했다. 그 아이와 얼마의 거리를 두고 뒤에서 독수리가 바라보고 있다. 아이가 쓰러진다면 독수리가 어떤 위해를 가할 것인지, 상상하기도 저어되는 위태로운 모습을 멀리서 사진 기자가 찍었다. 초점 거리를 변화시키는 기법으로 소년과 독수리를 좁혀서 촬영했을 것이다. 보통 사람은 쉽게 가늠할 수 없는 촬영상의 기법이다. 1993년이었고, 케빈 카터(Kevin Carter)는 1994년 퓰리처상을 받았다.

신문에 사진이 실리자, 사진 기자에게 인정머리 없는 사람이라는 비난이 쏟아졌다. "그 시간에 아이 먼저 구해야지 어떻게 천연스레 사진을 찍을 수 있단 말인가?" '안아주지 못해 너무나, 너무나 미안했다.' 그러잖아도 아이가 불쌍해서 마음이 편치 않았던 사진 기자는 혼자 가슴앓이했다.

그곳은 국제기구에서 수단 국민에게 먹을 것을 배급해 주던 장소이고 독수리들은 부스러기를 주워 먹으려고 무리지어 흔히 나타나는 곳이었다. 또한 토지 분쟁 지역이며 풍토병이 창궐하는 출입 금지 구역이었으니 외부인은 들어갈 수 없는 곳이라고 동료 기자가 설명했다. 사진은 보이는 대로 보고 느끼면 되지, 주변 상황과 사유를 일일이 설명할 필요는 없지 않은가.

사진은 전달력이 빨라 즉각적으로 내용이 파악된다. 이 사진이 전하는 메시지도, 먹을 것이 넘쳐나는 풍요의 시대에 살면서 굶주리는 사람의 처지와 그의 한 끼니를 생각해 보자는 의미일 테고 그에 따른 각성의 촉구일 것이다. 오늘 점심을 무엇으로 할까, 행복한 고민에 당면한 현대인들은 심기가 편치 않겠으나 엄연한 사실이다. 어린아이가 보기 딱할 정도로 굶주렸다는 사실은 수단의 현실뿐만 아니라 지구촌의 문제이며 인류 공통의 과제이다.

퓰리처상은 수상 자체로 호소와 설득력이 있다. 걸어갈 기력조차 없어서 황무지에 엎드려 쉬고 있는 아이에게 무엇을 해야 하는가. 우리는 어떤 식으로든 답해야 한다. 영향력 있는 사람은 그 사람만이 할 수 있는 큰일이 있고 보통 사람들은 보통의 할 일이 있다. 퓰리처상의 본질은 진실의 보도이고 선의 지향이며 인류애의 실천이다. 본질을 외면한 채 엉뚱한 방향으로 가십거리를 만들면 애먼 피해자를 만든다. 누구 때문이라고 말할 수 없어도 사진작가 케빈 카터는 괴로워했던 것이 사실이고 삼 개월 후 서른세 살의 나이에 스스로 목숨을 끊었다.

작가는 떠났어도 사진은 여전히 보는 이를 불편하게 혹은 눈물짓게 한다. 사진 속 아이는 그 후로 잘 자라다가 병으로 사망했다. 오늘보다 나은 내일은 나와 남이 동시에 성장할 때 보람으로 다가올 것이다. 실천을 구체화하는 일, 국제기구 단체에 감자 한 알이라도 보내는 일이 이 사진을 본 소감이며 소이연에 대한 해답인지 모른다.

티없이 맑은 가을 하늘은 눈치 없는 짝사랑의 연인처럼 기약 없이 멀어져가는데 따사로운 햇살 위무하듯 온몸을 감싼다. 무엇이든지 하고 싶은 씩씩한 가을이다.

도깨비장난

요즘, 인공 지능(AI, Artificial Intelligence) 로봇 이야기를 많이 한다. 그것은 인간과 얼마나 근접하고 유용한 것일까. 인간의 지능을 활용하여 만들었다는 전기 제품들이 주변에 널려 있고, 공장에서는 인공 지능 로봇이 생산성을 높이며 생활 속 여기저기에 포진해 있는데 여전히 실감이 안 난다. 마침 2017년에 노벨문학상을 탄 일본계 영국 작가 가즈오 이시구로가 인공 지능 로봇을 다룬 장편 소설 『클라라와 태양』을 출간했기에 관심 있게 읽었다.

주인공 클라라는 몸 안에 각종 데이터가 입력되어 있어 태양열 에너지로 움직이기 때문에 볕을 쪼여야 원만하게 작동했다. 기계가 장착되어 인간의 지능에 근접한 클라라는 말도 정확하고 지능 지수도 높아 병약한 열세 살 소녀 조시를 정성껏 돌보아 준다. 사람의 감정을 알아채 적재적소에서 순발력 있게 행동하니 진화한 캐릭터이지만 소모품에 불과했다. 건강을 회복한 조시가 대학에 합격하여 도회지로 떠나자 쓸모가 없으니 야적장에 버려졌다. 클라라는 우연히 만난 매니저에게 할 일 다 해서 보람이라고 했다. 인간은 부대끼면서 상처를 주고받더라도 감정의 소통으로 치유도 받는다. 일방적으로 희생과 사랑을 쏟아붓는 로봇이 실지로 환자에게 도움이 될지 알 수 없다.

〈서복〉을 보러 영화관에 갔더니 사람보다 뛰어난 힘을 가진 복제 인간에 대한 영화였다. 극비 프로젝트로 탄생한 최초의 복제 인간 실험체는 줄기세포와 유전자 조작으로 만들었다. 중국 진나라 때, 영생을 꿈꾸던 시황제는 신하 서복에게 불로불사의 명약을 구해오라 명했다. 그는 군사 삼천 명을 대동하고 떠났으나 돌아오지 않았다. 그 이름을 본뜬 서복은 그대로 두면 줄기세포가 무한 분화하므로 날마다 억제 주사를 맞으며 고통스러워했다.

인간은 복제 돼지에서 인슐린을 무한정 채취하듯 죽지 않는 서복 골수에서 필요한 에너지를 마음껏 빼내려고 복제 인간을 만들었다. 그곳에는 자식의 죽음을 갈무리하지 못한 인간의 욕망도 숨어 있다. 교통사고로 남편과 어린 아들을 잃은 연구원이 프로젝트에 참여하면서 서복은 연구원을 엄마라고 불렀다. 영원이라는 게 뭐예요? 끝이 없는 거지. 끝이 없는 게 뭐예요? …… 영원을 살면 뭐가 좋아요? 어차피 인간은 모두 죽잖아요. 서복은 인간의 본질적인 질문을 엄마와 우리에게 던진다. 영생이 두려운 서복이 자신을 죽여 달라고 하자 정보국 요원이 총을 쏜다. 영원히 살 것이라는 인간의 꿈은 망상이다. 이미 복잡한 세상사를 알았던 서복이 오히려 인간적이라고 할 수 있다.

누구의 생명은 귀중하여 연장하려 하고, 어느 목숨은 가을 낙엽처럼 가벼워 전쟁의 포화 속에서 불꽃처럼 산화해도 되는가. 죽음을 정복한다거나 영생을 꿈꾸는 심사도, 전쟁을 일으켜 인류를 멸망의 도가니에 몰아넣는 것도 인간이다. 소설이나 영화가 허구라 해도 개연성 있는 이야기를 다루고 목까지 차오른 탐욕과 진영 논리가 악을 저지른다. 엄청난 재화를 쏟아붓고 초일류 연구원들이 심혈을 기울인 최첨단 프로젝트 캐릭터는 네 살짜리 우리 집 손녀딸 소견만도 못하다. 어린이집에 다녀와서 제 엄마 목을 끌어안고 코가 깨져라, 얼굴 비비대는 어린아이 감정만도 못한 허상에 불과한 것은 아닐까.

어려서 엄마는 인형 놀이를 못 하게 했다. 동네 언니가 만들어 준 가짜 사람은 사람을 흉내 낸 허깨비라서 갖고 노는 게 아니라고 했다. 요즘 젊은 엄마라면 아이의 상상력을 막는 일이라고 발끈하여 반발하겠지만 쓸데없는 허상과 놀지 말라는 뜻이었다. 인형은 마귀들이 좋아하는 도깨비라는 것이다. 동네 언니가 겁을 주었는지 인형 놀이를 한 날에는 가위눌려 소스라치면서 깨어났고 엄마는 품에 안으면서 성호를 긋고 기도해 주었다. 까맣게 잊고 있던 말과 정경이 떠오르자, 인간들 하는 일이 꼭 도깨비장난만 같아 송연해진다.

소설가는 『클라라와 태양』 한국어판 발간에 맞춰 한국 언론과 합동 서면 인터뷰를 했다. "…… 이 책은 희망과 세상에 선함이 존재한다는 믿음에 관한 책이라고 생각합니다." 신문 기사를 읽다가 의아했다. 로봇이 인간에게 정성을 다해 봉사하였으니 고맙기는 할지언정 희망이나 선, 믿음이라는 추상적인 단어까지 쓸 수 있을까. 이 말은 소설에서 쓸 수 있을지 모르나 상상이나 추리가 가능한 인간과 감정이 없는 로봇 사이의 현실에서는 쓸 수 없는 말이다. 인간과 로봇의 관계 설정에는 정서의 한계랄까, 공감과 소통의 문제랄까, 좁힐 수 없는 감성과 언어의 간극이 있다.

세상의 모든 생명체는 빠르거나 느리게, 수수하거나 영롱하게 저마다의 보폭으로 전진하며 고유의 빛깔로 찬연하다. 삶은 매 순간 밤하늘의 별처럼, 호기심 많은 아이 눈동자처럼 반짝인다. 한겨울 함박눈처럼 수많은 별이 탄생과 소멸을 거듭하며 우주가 존재하였듯 고대로부터의 자연과 인류 생몰이 지구 역사를 이어왔다. 생각과 말, 눈빛과 몸짓으로 통하는 인류의 보편적 가치가 얼마나 존엄한 일인가.

세계인들은 인공 지능 로봇에 관심을 둘 것이 아니라 지구 한쪽에서 전쟁으로 발생하는 기아와 난민들의 까만 눈동자, 그들의 호소에 눈길을 돌려야 한다. 메이저 곡물 회사들이 국제 시장 경제를 위한다는 명분으로 남아도는 식량조차 가축용 사료로 유통하거나 바닷속에 던져 버린다는 천박한 사고를 어디다 규탄해야 하는가. 나날을 성심으로 살면 죽음이 두렵지 않아 평온하게 이승을 하직할 수 있다. 영원은 이미 우리 영혼 안에 내재해 있다.

소리 없는 외침

신문에 실린 그림 하나가 눈길을 잡았다. 온통 일그러져 형체도 불분명하였으나 외눈박이에 코, 입의 구조로 보아 분명 얼굴이다. 차분하게 가라앉은, 붉은색을 띤 분홍과 흰색의 조화가 은밀했다. 검은색 테두리의 얼굴 배경색 역시 묵직하게 깊이가 느껴지는 검붉은 자줏빛이다. 어떻게 저리 은근한 색깔을 표현할 수 있을까, 색채의 호기심으로 다가갔으나 정작 골몰하게 된 것은 뭉뚱그리고 짓이겨진 얼굴이다. 언뜻 보기에 어린아이가 마구 그린 그림처럼 얼굴의 형체는 난삽하였지만, 분홍과 핏빛으로 연상되는 메시지는 강렬했다. 예사롭지 않은 표현과 터치가 복잡한 서사를 함축하고 있다.

이 그림은 프랑스 화가인 장 포트리에(Jean Fautrier 1898~1964)가 그린 〈인질〉시리즈 가운데 하나였다. 그는 파리에서 출생하고 어려서 양친과 함께 런던으로 건너가 성장했다. 제1차 세계대전에 참전해 부상으로 병원에 있을 때 상처가 아파서 울부짖는 사람들 목소리에 몸서리쳤다. 퇴역한 후에는 프랑스 몽마르트르에서 그림을 그렸다. 제2차 세계대전이 일어나자 인간의 자유와 존엄, 조국의 해방을 위해 레지스탕스 운동에 투신했다. 파리 교외에 피신해서도 인질들을 처형하는 독일군의 총소리에 괴로워했다. 그는 총살당한 처참한 주검을 떠올리며 그림을 그렸다. 전시회를 열자 그림은 일대 선풍을 일으켜 1960년 베네치아 비엔날레에서 대상을 받았다. 전쟁터에서 자신이 목격한 현실을, 외면하고 싶은 전쟁의 실상을 강렬한 이미지와 색채로 표현한 앵포르멜 그림이었다.

앵포르멜 미술(Art Informal)은 부정형 또는 비정형이라는 의미다. 이 미술은 정형화하고 아카데미즘화한 추상, 특히 기하학적 추상에 반발하여 제2차 세계대전 후에 일어난 사조이다. 계획적인 정밀한 구성을 거부하고 자발적, 주관적으로 표현하는 동시대 유럽 미술을 지칭하며 미국 추상표현주의에 상응한다. 허상의 이미지가 아니라 실체에 대한 심상을 사유에 따라 묘사한 장 포트리에는 장 뒤뷔페와 함께 앵포르멜 미술 운동의 선구자였다. 장 포트리에는 자신이 목격한 전쟁의 참화를 자신만의 기법으로 표출했을 것이다.

박완서의 연작 소설 「엄마의 말뚝」은 경기도 개풍에서 태어난 작가의 가족사이며 우리의 사회사라 할 수 있다. 아이들 교육을 위해 서울에 온 어머니와 함께 가족들이 겪은 8·15해방과 뜻하지 않은 6·25전쟁의 좌우 대립 진영 속에서 한 가족이 어떻게 몰락해 가는가를 사실적으로 보여준다. 명석한 머리로 어머니의 기대를 한 몸에 받던 아들은 어이없이 죽고, 지긋지긋한 전쟁이 끝났어도 상흔은 가족들 가슴 깊숙이 남아 무시로 괴롭혔다.

간호사는 수술 후유증으로 더러 이런 분이 있다고 하지만, 불가사의한 괴력으로 날뛰면서 원한과 울부짖음과 악담이 섞인 소름 끼치는 어머니의 기성奇聲 앞에 주인공 딸은 절규한다. 죽으면 화장해서 고향 가까운 강에 뿌려 달라고 어머니는 부탁하였으나 가족들의 의견으로 공원묘지에 모시고 비석을 세우는 것으로 엄마의 말뚝은 끝난다. 작가의 탁월한 묘사력 덕분에 실제보다 더 사실적인 소설이라는 평론가의 찬사를 받았으나 전쟁의 실상을 체험한 작가이기에 이렇듯 적나라하게 그렸을 터이다.

2020년은 6·25 한국 전쟁이 일어난 지 70주년이 된다. 민족상잔의 비극으로 말미암아 도시와 농어촌, 산간 마을에서 수많은 사람이 서로 죽이고 죽었다. 살아남은 자에게도 충격은 혹독하여 심신을 갉아먹는 괴로운 나날을 보내야 했다. 개인과 가족의 삶이 송두리째 망가졌어도 인간은 목숨이 붙어 있는 한 살아야 하니 운명이라기엔 너무도 가혹하다고 할 수 있다. 평화를 가장한 남·북한의 긴장은 여전히 이 세월까지 계속되고 있다.

인간은 누구나 자유 의지대로 살다가 삶을 마감한다. 마찬가지로 예술가들은 사회의 부조리와 불합리를 자신의 방식대로 표현한다. 미술이 아름다움을 표현하는 예술이라지만 화가는 아름답다고 할 수 없는, 바라보기도 불편한 그림을 왜 그리는가. 그것은 불의에 대한 저항이며 인간의 야만성을 폭로하는 데 닿아 있다. 비인간적인 무리가 죄의식 없이 저질러 놓은 만행을 고발하면서 공감을 이끌어 연대 의식을 공유하는 것이 예술가의 의도일 것이다. 인간성을 훼손하고 인류를 파멸로 이끄는 전쟁은 "이제, 그만!" 이런 그림을 그리는 당위이며 외침이다.

세상에는 집에 걸기 안성맞춤인 평화롭고 아늑한 그림도 있지만 이렇듯 시선을 불편하게 하는 그림도 있다. 전쟁의 참상을 체험한 화가가 아니라면 누가 이런 도발적인 그림으로 사람들의 호응을 기대할 수 있겠는가. 문필가가 글을 쓰면서 자신의 상처를 치유하듯이 화가의 작업도 고통의 질곡에서 벗어나고 싶은 갈망이며 몸부림인지 모른다. 낯선 그림이 불편하여 외면하든지, 관조하면서 인간 생존 방식에 대해 성찰하든지 관람자의 몫이다. 결국 우리가 어떻게 살아야 하는가를 고뇌하는 것이 인간이고 끊임없이 이런 질문을 던지는 사람이 예술가일 것이다.

얼굴

— 알베르토 자코메티 특별전

"아이고, 무서워라."

주말에 무엇을 하며 지냈느냐고 친구가 묻기에 자코메티 조각 전시회에 갔었다고 말하면서 사진을 보냈더니 돌아온 반응이다. 예상하지 않았던 말이라 놀라기는 하였으나 아주 틀린 말은 아니어서 다시 사진을 들여다보았다. 흔히 얼굴을 마음의 거울이라고 한다. 가슴속 생각이나 지나간 세월의 무게, 삶의 흔적이 그대로 드러나기 때문이다. 화가들은 인물화 그리기가 가장 어렵다는데 그림도 아니고 청동 조각에 인생의 굴곡이나 심리 상태까지 표현한다는 것이 어디 그리 쉬운 일인가. 얼굴 조각이 너무나 사실적이어서 사람들은 경악하며 순간 자신의 얼굴을 거울에 비추어 본다.

　보통 사람도 생각 없이 무표정하거나 고민이 깊어 심각한 얼굴이면 무섭기 마련이다. 얼굴이 희거나 검거나, 근엄한 표정이나 허심으로 생각과 말이 정지되어 고요해지면 화가 나서 눈을 부릅뜬 것처럼, 혹은 넋이 나간 허깨비처럼 상대방을 긴장시키는 미묘한 분위기가 있다. 어린아이 얼굴에서는 그런 표정을 발견하기 어려운데 성인, 특히 연세 지긋한 어른을 무심히 바라보다가 깜짝 놀랄 때가 있다. 그리고는 무안해서 슬그머니 고개를 돌린다.

　국민일보가 창립 30주년을 맞아 현대 미술관에서 스위스의 조각가이며 화가, 판화가인 알베르토 자코메티(Albert Giacometti 1901~1966) 특별전을 마련했다. 20세기 최고의 조각가라는 명성만큼이나 전시회장은 관람객들로 꽉 들어찼다. 아버지와 동생을 모델로 하여 13살에 그렸다는 인물화는 아이의 그림이라고 믿어지지 않을 만큼 붓의 터치가 힘차고 생동감 있으며 다양한 색채가 놀라웠다. 그의 아버지 지오반니 자코메티도 밝고 따뜻한 그림을 그린 후기 인상파 화가였으니 어릴 때부터 영향을 받았을 터다.

　전시장에서는 사진 촬영을 제한하여 눈으로만 감상했다. 자코메티의　어록이라 할 수 있는 문구들을 하얀 벽면 작품

사이에 붙여놓은 것을 보니 인간의 근원적인 정서, 심상에 천착했다는 느낌이 들었다. "사람의 뇌가 청동 안에서 살아 숨 쉴 수 있을까? 머리가 청동으로 되어 있고 두뇌가 살아 움직이려면 청동이 살아 있어야 한다." 자코메티는 무생물에 생명을, 청동에 훈기를, 조각 작품에 생명력을 불어넣으려 고심했다. 눈에 보이는 것만 창작하려고 한 것이 아니라 작품 속에 정신을 집어넣으려고 골몰했다. 청동을 살아 움직이는 인간의 뇌로 생각하고 유기체로 만들고자 하는 열정이 불멸의 명작을 만들었는지 모른다.

어느 날, 사진작가 로타르가 자코메티를 찾아와 심각하게 고민을 털어놓았다. 자코메티는 자신도 해결할 수 없는 난감한 문제라 여겼기에 묵묵히 친구의 말을 들어 주었다. 로타르의 말을 듣던 자코메티는 그의 시선에서 절망에 빠진 인간의 깊은 슬픔을 발견했다. 자코메티가 로타르에게 말했다.

"자네 얼굴을 그리고 싶은데, 그래도 되겠는가?"

로타르는 어이없었지만 허락했고 자코메티는 그 자리에서 친구의 얼굴을 스케치했다. 생전에 인물 스케치하는 영상이 전시장 스크린에서 나왔다. 캔버스에 붓으로 눈부터 스케치하고 눈동자를 그린 다음에 다른 부분을 그려나가는 방법이 특이했다. 자코메티는 로타르의 의식 밑바닥에 자리한 마음대로 되지 않는 세상에 대한 울분과 해결할 수 없는 고독에 맞서다가 무너진 인간의 고뇌를 얼굴에 표현하려 애썼다. 이것이 바로 뜨거운 삶의 통찰이 녹아 있다는 '엘리 로타르 흉상' 조각 작품으로 자코메티의 마지막 작품이다.

사진작가였던 로타르는 1930년대 유명 잡지의 사진작가로서 명성을 얻었으나 전쟁 이후에는 오랫동안 경제적으로 힘들었다. 성정이 불안정했던 로타르가 빚으로 인해 몇 달간 감옥에 갇히자, 주변에서는 재능이 뛰어난 그를 도와주려고 애썼다. 사진작가 카르티에 브레송은 카메라를 주고 암실을 사용하도록 주선했으나 그는 카메라를 전당포에 맡기고 술과 여자로 돈을 탕진했다. 자코메티는 그런 로타르 얼굴에서 처절한 인간의 절망과 슬픔을 발견했다. 인생에 실패한 로타르는 자코메티의 마지막 조각 작품에 모델로 등장함으로써 명작의 주인공이 되었다. 마지막 부스 별도 유리 상자 안에 전시된 로타르 흉상은 촬영을 허용해서 핸드폰으로 찍었다가 친구에게 전송했다.

연세 드셨을 무렵, 우리 어머니는 사진 찍기를 싫어했다. 우리 집 아이들이 어릴 때여서 함께 찍으시라고 권해도 극구 거부했다. 나중에 이유를 물으니 늙은이 얼굴 찍어야 무섭기만 하지 아이들에게 좋을 게 없다고 하셨다. 어른이 아무 데서나 입 벌리고 웃는 것도, 사진 속의 근엄한 표정도 마뜩잖아 하셨다. 별소리를 다 하신다고 펄쩍 뛰었으나 그런 말도 이해하는 세월이 됐다. 웃는 모습이 보기 좋다 해도 사진에는 인생의 곡절이 고스란히 드러나기 마련이니 세월의 더께를 확인하게 된다.

인생이 밝고 좋은 일보다 어둡고 궂은일이 많다는 것쯤은 오래전에 알았다. 그동안 겪은 육신의 고난과 핍진, 세월에 휘둘리느라 황폐해진 정신은 얼굴에 모래톱 같은 주름살이나 늘리고 그늘을 만들었을 것이다. 태생적으로 깨끗한 피부거나 긍정적인 사고로 걱정 없이 살았더라도 세월의 흔적은 남기 마련이다. 로타르의 얼굴은 정신없이 사느라 심신이 피폐했던 젊은 날의, 혹은 앞으로의 내 모습인지 모른다.

동춘당과 상사화

오랜만에 찾은 동춘당은 거대한 아파트 숲에 둘러싸여 마지막 자존을 지키는 선비인 양 꼿꼿하고 의젓했다. 한적한 분위기를 간직한 채 주위에서 쉽게 접하기 어려운, 함부로 할 수 없는 품위와 위용으로 묵묵히 자리를 지키고 있다. 넓은 마당에 기와 얹은 흙담을 낮게 둘러친 것은, 길과 뜰의 경계보다 동춘당의 위상을 염두에 두어 삼가 자세 낮춘 겸손일 터다. 한여름 열기가 한풀 꺾인 뒤뜰에는 누가 심었는지 연분홍 상사화가 조촐하고 잎도 없이 피어난 꽃송이와 정연한 꽃대가 아리잠직하다. 넓은 뜰을 비워 놓은 채 담장 한 귀퉁이에 오소소 있는 듯 없는 듯 가지런히 피어난 정갈한 모습이 고즈넉한 한옥과 조화를 이룬다.

30여 년 전, 동춘당 주위는 계족산 아래 대나무 숲을 뒤로 하고 논과 밭으로 둘러싸인 양철 지붕 집들이 즐비한 동네였다. 멀리 보문산 정상이 아스라하고 훤히 트인 시야로 눈맛이 시원했다. 고만고만한 시골집들 사이에서 단정하고 번듯한 동춘당 옛집이 고풍스러워서 지나다가도 멈추어 바라보곤 했다. 나라에서 보물로 지정하지 않았으면 언제 허물어졌을지 모를 동춘당이 본래의 모습으로 의연히 서 있는 것이 고맙기 그지없다.

보물 제209호인 동춘당은 조선 효종 때 대사헌, 이조판서, 병조판서를 지낸 문신 송준길(1606~1672)이 따뜻한 봄과 같기를 바라며 지은 자신의 호이며, 관직에서 물러난 후 독서로 소일하고 후학들을 양성하면서 봄과 같이 따사로운 집이기를 소망하며 지은 별당의 이름이다. 일자 대문에 들어서면 아담한 별당 정면에 '同春堂' 현판이 눈에 들어온다. 송준길이 세상을 떠난 6년 후에 단정한 글씨체로 송시열이 썼다. 송준길과 송시열은 현감을 지낸 송준길의 부친 송이창 밑에서 동문수학하고 학문의 경향도 같아 막역하게 지냈다. 송준길은 어려서 아버지의 가르침을 받았고 20세 때 김장생의 문하생이 되었다. 예학에 밝고 문장과 글씨가 뛰어난 송준길은 이곳에서 학문에 정진하며 찾아오는 선비들과 학문을 논했다. 자신의 호와 서재 이름으로 중의重義를 지닌 이 별당은 송이창이 지었으나 담이 허물어지자 송준길이 44세 되던 1649년에 중건했다.

정식 명칭, 대전회덕동춘당은 사방에 주춧돌을 세우고 그 위에 육중한 나무 기둥을 세워 지붕을 얹고 마루를 깔았다. 이런 한옥 구조는 마루 아래가 훤히 뚫려 여름에는 시원하고 겨울에는 습기가 올라오지 않는다. 기와를 얹은 팔작지붕이 고풍스럽고 우아한 것은 처마에 나무 기둥을 옆으로 잇대어 뻗친 기둥에 학이 날개를 펴고 비상하려는 순간처럼 유연한 곡선이 아름답기 때문이다. 한옥 기와지붕의 부드러운 선을 맵시 있는 외씨버선의 수눅선이나 저고리 앞섶 도련에 비유하는 것도 한옥 특유의 곡선미에서 기인할 것이다.

동춘당의 구조는 오른쪽 네 칸이 대청마루이고 왼쪽 두 칸이 온돌방이다. 사합문 들어열개 문을 들어 올려 걸개에 고정하면 세 방향에서 드나드는 바람이 시원하기 이를 데 없어 자연스레 바깥 경치를 즐길 수 있다. 방의 벽을 제외한 나머지 면은 둘러 가며 툇마루를 놓았다. 툇마루가 좁은 것은 툇돌 위에 신발을 벗어 놓고 방으로 들어가기 위한 계단 역할 때문일 터다. 띠살문을 달아 놓은 아래쪽에는 사각형 머름이 정교했다. 한옥에서 창과 문의 구별은 머름으로 알 수 있다. 벽에 공간을 내어 아래쪽에 머름을 만들면 그대로 밖의 풍경이 들어오는 창이고, 머름 없이 개구부가 바닥까지 내려오면 문이다. 창문 아래 머름을 장치해서 겨울에는 추위를 막고 여름에는 문을 열어 놓아 자연 경관을 완상했다. 부엌은 없고 군불 때는 아궁이가 있으나 굴뚝이 보이지 않은 것은 온돌방 아래 벽에 구멍을 내어 연기가 빠져나가도록 하였다. 임진왜란을 치르고 난 후로 먹을 것도 땔감도 부족하였으니 방바닥은 최소한의 온기만 지니도록 했다.

다리도 쉴 겸 기우는 햇살을 받으며 툇마루에 걸터앉았다. 한낮의 열기를 갈무리한 나뭇결의 온기가 은근했다. 어려서 몸에 익힌 감각은 미각뿐 아니라 촉감의 기억도 여전한지 마음도 푸근해져서 가만히 바닥을 쓰다듬어 보았다. 그동안 잊고 살았던, 어려서 우리 집이나 외갓집 대청마루에서 느끼던 소박한 질감이 토심스런 마음 달래듯 친근하게 다가왔다. 치수 재어 아귀 맞춰 놓은 나무 무늬는 일부러 새긴 문양처럼 도드라져 투박하지만 정겨웠다. 매끄러운 플라스틱이나 차가운 금속성에서는 느낄 수 없는 소박한 질감이었다.

동춘당과의 인연은 1993년에 열린 대전국제박람회이다. 대전엑스포 상징인 한빛탑이 세워지고 휘장과 마스코트 꿈돌이가 탄생했다. 대전문인협회에서는 국·영문판 기념문집을 만들기로 하고 '대전 엑스포93 기념사화집 간행위원회'를 발족했다. 그때 문인들에게 대전의 상징인 새, 꽃, 나무와 함께 대덕연구단지, 유성온천, 보문산, 동춘당, 남간정사 등 대전의 자랑거리와 유적지를 선정하여 시와 에세이를 쓰도록 했다. 수필가들에게는 수필 한 편씩 주어졌는데 내가 맡은 곳이 동춘당이었다. 여기를 둘러보고 도서관에서 자료를 찾으면서 글쓰기에 고심했다. 그때 송준길이 학식은 물론 자신에게는 서릿발같이 엄격하고 남에게는 봄바람처럼 온화하였다는 행적들을 읽으며 선생의 인품에 감화를 받았다. 나중에 『한빛탑과 별무리의 노래』 사화집이 출간되어 받고 보니 내로라하는 문인들 틈에 필진으로 참여한 것이 여간 고맙지 않았다.

이후로도 옛 정취가 그리워지면 동춘당을 찾았다. 실타래처럼 엉킨 마음 차분하게 정리할 곳이 있다는 것은 흐뭇한 일이다. 오늘은 담장 아래 청초한 연분홍 상사화가 단호한 밀어처럼 은근하게 다가온다. 성벽처럼 둘러선 아파트와 물색없이 빵빵거리는 자동차 소리에 한숨 쉬다가, 수려한 조경과 사계의 아름다움에 마음을 풀고 이만치라도 동춘당이 보존, 유지되는 것이 어디냐, 가슴을 쓸어내린다.

자유는 주렁주렁

— 3 · 8민주로에서

내려야 할 시기를 기다렸던 것처럼 때늦은 봄비가 내리고 있다. 그칠 기미가 없어 우산을 들고 밖으로 나왔다. 연두 물이 든 초목들이 수채화처럼 번지고 생기를 띤 가로수는 수런수런 싱그러웠다. 보도블록 사이에서 양양하게 피어났던 민들레는 하얀 씨주머니조차 흔적도 없이 사라지고 혼자 노는 아이처럼 꽃대만 흔들린다. 계절의 풍화 작용에 민들레라고 예외일 리 없듯이 세월의 풍화 작용에는 인간도 그럴 것이다.

오늘은 4 · 19혁명 60주년이 되는 날이다. 문재인 대통령은 4 · 19 국립묘지에 참석하여 기념사를 했다. 2 · 28대구

민주운동, 3·8대전민주의거, 3·15마산의거가 4·19혁명을 이끌었다고 지역과 날짜를 꼭꼭 짚어 두 번 언급했다. 이날을 국가 기념일로 지정하여 4·19혁명과 연결된 역사로 기념하게 되었으니, 4·19혁명은 대한민국 민주주의의 굳건한 뿌리라고 했다. 또한 주권 재민을 훼손한 권력을 심판하고, 정치·사회적 억압을 무너뜨린 혁명이었다고도 했다.

1960년 4·19혁명은 이승만 대통령이 정권 연장을 목적으로 3·15부정선거를 치르자 이에 항거한 서울의 학생과 시민들이 독재 타도와 대통령 하야를 주장하며 거리로 나선 사건이다. 그전에 1960년 3월 8일부터 3월 10일까지 대전에서는 대전고, 대전상고가 주축이 된 고등학생들이 교문을 뛰쳐나와 정의를 부르짖었으니 대전·충청권 최초의 민주화 운동으로 4·19혁명의 도화선이 되었다.

2020년 3월 8일, 대전시에서는 이날을 기념하여 대전고등학교 정문 바닥에 '3·8민주로' 동판을 박아 놓았다. 이것은 대전고와 대전상고 학생 시위대가 메웠던 거리 구간을 기념하여 명명한 표지판이었다. 대통령 기념사를 듣다가 나는 낮도깨비처럼 불쑥 그것이 떠오르며 마음이 바빠졌다. 정의가 팔월의 태양처럼 들끓던 소요의 진원지를, 불의에 맞서 분연히 일어선 기개의 현장이 보고 싶었다. 푸른 양심 꺼내 들고 뛰어가던 젊은이처럼 달리지도, 두 주먹 불끈 쥐고 소리치지도 못할망정 그 거리를 걸어 보고 싶었다. 아예 산책 삼아 집에서부터 걷기로 했다.

학생들의 열기로 소란스러워야 할 대전고등학교는 코로나19 여파로 교정은 차분하다 못해 절해고도처럼 고요했다. 교문 입구 바닥에는 학생들 시위 모습을 형상화한 돋을새김 동판, 예의 3·8민주로 표지판이 비를 맞고 있었다. 묵념하듯 멈추어서 동판을 읽어 보았다. "대전·충청권 최초의 학생 민주화 운동인 3·8민주의거 60주년을 맞아 학생들의 숭고한 정신을 이어받고, 시민과 함께 민주주의의 소중한 가치를 꽃피우고자 이곳을 '3·8민주로'로 제정합니다." 사단법인 3·8민주의거기념사업회에서 만들고 도로 구간은 대전고등학교에서 원동 네거리까지였다.

푸른 양심 꺼내 들고/ 뛰어가던 분노의 거리// 목숨 붙어 어진 풍물/ 3·8민주로, 혼불 새기네// 젊음은 피 묻어 외려 꽃피고/ 열매는 주렁주렁 온통 자유라지// 깨어나서 다시 뛸까/ 민주의 숨결 여기 스민다

— 김용재 「3·8민주로에서」

거리 명명식에서 시인이 낭송한 시를 읊조리다가 소리 내어 다시 읽어 보았다. '젊음은 피 묻어 외려 꽃 피고에서 탁, 가슴을 치더니 열매는 주렁주렁 온통 자유라지'에서 가슴이 뜨거워졌다. 까만 교복 입고 교모를 쓴 학생들의 구호와 함성, 걷잡을 수 없이 터져 나오던 시위 정경이 파노라마처럼 펼쳐졌다. 현장감의 서사는 강렬했다. 흑백 사진과 기록 영화를 보면서 느꼈던 연상 작용이나 소회 덕분일 터다. 앳되고 청순한 학생들의 시위 장면이 떠오르면 인간의 활기찬 역동성으로 가슴이 벅차오른다. 교실에서 공부하고 있어야 할 고등학생들이 거리로 뛰쳐나왔다면 분명 사회의 잘못이며 어른들의 과오가 클 것이다.

정문 동판을 기점으로 원동 사거리까지는 불과 20여 분 남짓 거리였다. 사거리 건널목에도 교복을 입은 남녀 학생 모형에 동판과 같은 내용의 표지판이 산뜻했다. 2000년 3월 8일 대전 문인들은 3·8대전민주의거 40주년 기념 특별 강연회 및 기념 세미나를 개최하고 3·8대전민주의거기념사업회를 결성했다. 기념사업회에서는 매년 기념식을 하면서 이 일을 알리려 노력하고, 2018년 11월 2일 대통령령(제29271호)으로 국가 기념일이 선포되었다. 4·19혁명 60주년을 맞은 올해 그 의미를 동판과 표지판으로 갈무리하여 놓았다.

　일상에서 부정과 불의를 접하더라도 모든 사람이 정의를 말하며 행동으로 나서지 않듯 선인들의 훌륭한 정신을 기리려고 누구나 앞장서지는 않는다. 지향하는 신념과 사상이 확고하고 미래의 삶에 대하여 열린 사고를 가질 때 가능한 일이다. 지향점에 동조하는 사람이 생기면서 운동이 되고 주의主義가 형성될 것이다. 사명인 양 끊임없이 일깨우며 타전해 오는 사람이 있어 선잠 깨듯 일어나 뒤늦게 동참하게 되는 것도 같은 맥락일 터다.

　해마다 4 · 19가 되면 소복 차림으로 묘비를 어루만지며 눈물짓는 여인의 사진이 신문에 실린다. 보통 사람들에게 4 · 19는 어제나 오늘이나 매일반이다. 그러나 가족들에게는 아무리 세월이 흘러도 지워지지 않는, 세월이 흐를수록 더욱 피붙이가 그리워지는 날이리라. 누구에게 특별한 이 날이, 그런 세상이 도래한다면 누구라도 그렇게 될 수 있는 날이다.

　며칠 전에는 제21대 국회의원 선거일이었다. 무엇이나 거저 얻어지는 것은 없으니 누군가의 눈물로 얻게 된 공정한 한 표였을 터다. 숨죽여 우는 눈물처럼 소리 없이 비가 내리는데 사방에 주렁주렁 열린 자유가 황송하여 시녀를

대동한 황녀처럼 우아하고 꼿꼿한 걸음으로 민주로를 걷고
있다.

새점

어릴 적, 우리 집에서 몇 발자국 나서면 우체국 네거리였
다. 장날이면 갓 쓴 하얀 두루마기 차림의 남정네와 옥양목
치마저고리가 눈부신 여인들로 북적였다. 백의민족이라는
말이 괜히 하는 소리가 아니게 당시 어른들의 나들이옷은
모두 흰색이었다. 더러 비단옷 입은 사람이 없었던 것은 아
니지만 내 기억의 장마당은 첫눈 내린 겨울 들판처럼 온통
하얬다.

장사꾼과 우마차와 장 보러 나온 사람들로 북새통을 이루
는 네거리 모퉁이에는 여러 가지 그림 도구를 펼쳐 놓고 점
을 치는 아저씨들이 많았다. 오방색 물감을 붓에 묻혀 일필

휘지로 용을 그려 내는 아저씨의 솜씨는 기막혔다. 용트림 하면서 금방 승천이라도 할 것처럼 활기찬 용의 자태는 지전紙錢을 앞에 놓고 앉은 아저씨의 운세가 활기차게 뻗어 나갈 것이라고 기대했을까. 하얗고 긴, 대문짝만한 모조지에 한문으로 쓴 용龍자 앞에서 남정네는 턱을 괴고 앉아 떠날 줄 몰랐다. 넓적한 붓에 다섯 가지 색깔을 묻혀 바위틈을 빠져나가는 물고기처럼 날렵하게 써 놓은 글자가 놀라워 숨죽였다.

빨간 글씨로 신년 운수, 사주팔자라고 쓴 광목을 바닥에 펼쳐 놓고 근엄하게 앉아 있던 갓 쓴 할아버지는 무서웠다. 얼굴 이마와 볼에 동그랗게 찍은 빨간 점이 빨아들일 듯 강렬해서 고개를 돌렸다. 점술가 앞에 어른들이 진을 쳤던 것은, 길흉화복의 운세에 관심이 많았기 때문이겠으나 사주쟁이들의 말재간과 그림 솜씨에 호기심이 동했을지도 모른다. 그들의 우스갯소리 섞인 언변은 뛰어나서 주변 사람들을 와글와글 즐겁게 했다.

그중에서도 내 관심사는 새가 뽑아오는 괘사卦辭로 새점을 치는 아주머니가 장날마다 들고 나타나는 조롱 속의 연둣빛 파랑새였다. 새장 귀퉁이 상자에는 점괘占卦가 적힌 종이를 반듯하게 접어서 빼곡하게 채운 종이 상자가 매달려 있었다. 새가 휘파람 소리를 냈던가. 파랑새는 아주머니가 던지는 쌀알을 콕, 집어먹고 점괘가 든 종이를 부리로 톡, 뽑아서 바닥에 툭, 떨어뜨렸다. 새의 동작은 앙증맞고 귀여웠다. 괘사를 뽑아 오는 날쌘 움직임은 손바닥을 펼칠 때마다 짠! 하고 장미꽃이 튀어나오거나 푸드덕! 하고 하늘로 비둘기가 날아오르던 마술사의 요술만큼이나 황홀했다.

아주머니는 지전을 내놓은 손님에게 접힌 종이를 건네주거나 점사占辭를 읽어 주었다. 손님은 점괘가 신통치 않으면 시무룩하고 마음에 들면 활짝 웃으며 손뼉을 쳤다. 나는, 새가 접힌 종이를 어떻게 뽑아 오는지, 손님의 가정사를 어떻게 아는지 새의 신통력이 놀라워서 점보는 아줌마 어깨 너머에서 잠시도 눈을 떼지 못했다. 아무리 알려 주어도 엉뚱한 소리나 하고 생각 없는 사람에게 새대가리라고 핀잔하였어도 그것과는 딴판으로 파랑새는 영특했다.

새는 장날마다 나타났고 나는 여전히 그것을 보러 갔다. 새점 구경을 한 날이며 잠결에도 숲속인 듯 새소리가 들리고 머릿속에는 날갯짓이 꽃가루를 뿌린 듯 환영인 듯 어른거렸다. 기껏 참새나 까치 따위의 새만 보다가 깃털이 아름다운 새를 눈앞에서 보는 일은 환상이었다. 톡톡 내뱉듯 지저귀는 소리가 쟁반 위에서 구슬 구르는 소리처럼 싱그러웠다. 심부름하러 가거나 친구네 놀러 가다가 새를 보느라 정신 팔리면 "애들은 가거라." 하는 소리에 소스라치게 놀라 달아났다. 자라면서 산과 들이 수채화 물감 번지듯 연록으로 물들어 가는 오월이 되면 알 수 없는 설렘으로 통증 비슷한 감정을 느끼곤 했다. 유년의 연둣빛 새로부터 연유한 것인지 알 수 없어도 점괘를 집어내던 자그마한 새 부리의 또렷한 기억은 풋풋하고 아름다웠다.

누구도 남의 인생이 어떻다고 말할 수도, 어떠할 것이라고 앞날을 예단할 수도 없을 것이다. 더구나 어른이 겨우 어린애 주먹만 한 새에게 의존하여 인생의 앞날을 점쳤을까에 닿으면 어처구니없다. 그러나 윤이 흐르게 다듬이질 선명한 무명 나들이옷 차려입고 읍내 장터 좌판 앞에서 신수身數나 보는 신세가 여북하면 그랬을까, 이제는 이해된다.

내일을 알 수 없는 지리멸렬한 일상에서 연명하듯 하루하루를 살아가는 사람의 팍팍한 현실은 어디에 하소연할 것인가. 캄캄절벽으로 도무지 알 수 없는 미래에 대한 불안이 내일의 운세를 점치게 하였을 것이다. 자신의 잘못도 아닌데 네 탓이라며 닦달하거나 견딜 수 없는 고통이 사방에서 옥죄어 오면 살기 위해서는 누구라도 무엇이든지 해야한다. 새가 아니라 풍뎅이가 점괘를 뽑아 와서 이제 그대의 고난 끝났다고, 앞날은 아롱다롱 꽃길만 이어질 것이니 걱정하지 마시라고 거짓 점괘라도 말해야 숨통이 트일 것이다. 시답잖은 위안이라도 받아야 목숨을 부지할 것 아닌가. 인생이란 무엇인가. 네 처지나 내 심사가 한가지로 연잎 위의 물방울처럼 위태롭기 짝이 없으니 가슴만 뻐근해진다.

어른들 속사정이야 어린 소견으로 알 수 없었더라도 어린 날 장터에서 본 점괘 풍경은 요란한 활동요지경을 들여다보듯 설렜다. 장터 귀퉁이에서 앞날의 신수를 보던 어른들과 장날 특유의 흥성거림이 꽃불 켠 듯 환히 떠오르면 기분 좋은 일이 일어날 때의 조짐처럼 흥겨웠다. 불과 몇십 년 전의 장터 모습이 옛날 영화나 소설에 나오는 진풍경이다. 실로 지난 세월은 말도 없이 떠나가 버린 손님처럼 어이없다.

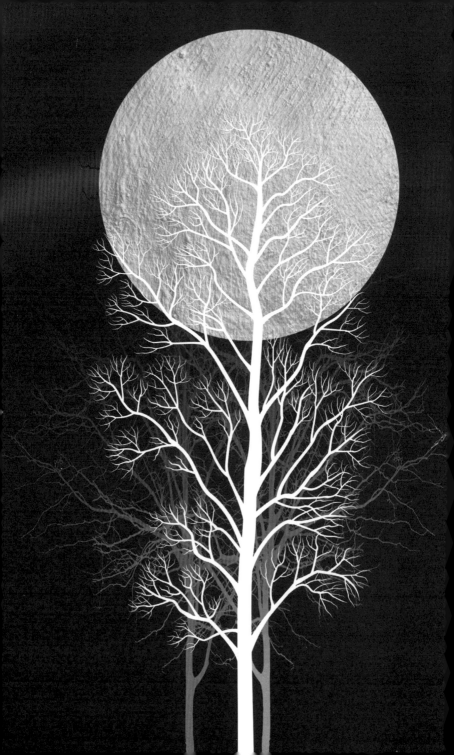

3부

권두언 읽기

겨우내 거실에 앉아 있던 군자란 화분에서 봉긋 움이 텄다. 궁금하다는 듯 손톱만 한 봉오리가 세상을 향해 문을 두드린다. 너른 잎사귀 양쪽에서 옥죄듯 어긋나기로 정연히 돋아난, 철옹성처럼 견고한 틈을 비집고 나올 수 있을까, 싶었지만 사나흘 후, 갈래 꽃잎 여섯 장의 주황색은 뭉쳐나기로 솟아올라 보란 듯이 거실을 환하게 밝혔다. 우아하게 뻗은 진초록 잎사귀와 주황색 꽃송이는 축제 마당 축포처럼, 시위대 젊은이 주먹처럼 불끈 솟아 환상의 조합을 이뤘다. 봄날 아침, 군자란이 쏘아 올린 탄성은 세상에 관한 관심이며 존재에 대한 선언일 터다.

책을 사거나 문인들이 책을 보내오면 권두언을 먼저 읽는다. 머리글, 책을 펴내며, 발간사 등의 서문은 먼저 읽고, 책 뒤에 싣는 발문, 시인의 말, 작가의 말, 에필로그는 나중에 읽는다. 고전이나 외국의 번역서일 경우, 역자의 말도 마찬가지다. 권두언은 책에 대한 집필 동기나 발간 취지가 드러나 책의 구조와 내용을 대강 짐작할 수 있다. 눈은 문장에 주목한다. 구매한 책과는 별도로 동인지의 증정본은 서문을 읽고 나서 메시지도 없고 문장이 허술하면 읽기를 망설인다. 아는 분의 글이 있으면 한두 편 읽겠지만 끝까지 모두 읽기는 어렵다. 문학 단체의 장長이 외적인 능력과 함께 탁월한 글솜씨도 요구되는 연유다. 글에는 필자의 진솔한 성찰과 주장이 들어 있으니 차제에 좋은 글을 만나고 싶은 바람도 있다.

젊은 날, 문학회 회장을 맡은 일이 있다. 아무리 작은 단체라도 책임자로서의 글은 자신의 글 한 편과 차원이 달랐다. 회원들이 지향하는 문학관과 앞으로의 방향 제시를 어떻게 피력할 것인가, 과제였다. 개인 저서를 내기 전이었고, 내 글에 대하여 불만이 많았던 터라 누구에게도 말할 수 없는 압박감은 무시로 나를 괴롭혔다. 퇴고한 다음, 문학지를 출판하기로 한 사장에게 보여드렸다. "권두언이 작품입니다." 조용하지만 둔중한 한 마디가 나를 살게 했다. 무언가 읽을거리가 있어야 하는, 작품이라는 말은 이정표가 됐다. 수필집을 몇 권 내면서 압박감에서는 벗어났으나 권두언 쓰기는 여전히 쉽지 않다.

지난해, 어느 문학회에서 동인지를 출판하고 책을 보내왔다. 앞서 말한 대로 권두언을 읽으며 문장을 살폈다. 코로나19를 이야기하고, 총선을 말하고, 1965년에 사회적 이슈가 되었던 남정현의 소설 『분지』를 언급했다. 소설가는 이 글이 북한 기관지에 실리는 바람에 반공법 위반으로 필화를 겪었었다. 마침 소설가는 산문집을 엮어 내고, 인터뷰하던 기자가 분지사건 재판 때를 말했다. 문학이란 무엇입니까? 판사가 물었다. "문학은 인간을 사랑하는 작업입니다." 소설가는 망설임 없이 대답했다. 이 말을 문학회 회장은 놓치지 않았고 권두언에 인용하면서, 창작의 안간힘은 무엇인가를 사랑하는 작업임을 믿는다고 했다. 주변의 이야기에 머물지 않고 세상으로, 삶의 문제로 확장하면서 회원들의 유기적인 창작 정신과 맥락을 같이 했다. 남의 말을 인용하는 것은 그의 사상에 동조한다는 의미다. 소설가의 말을 언급했다는 사실도 반가웠으나 정리된 문장의 흡인력이 동인지를 끝까지 읽게 했다. 회장은 내가 모르는 사람이었다. 그의 시를 읽어 본 적도 없고, 문학회 행사에서 만난 것도 같았으나 기억은 흐리마리했다. 동인들의 시, 동시, 소설, 특집, 리뷰까지 살펴 읽으며 회원들의 작품 경향, 문학에 대한 자세 등을 알게 됐다.

"…… 모든 인간은 저마다 주어진 재능만큼 그것으로 세상에 기여해야 한다. …… 이런 사명은 윤동주처럼 '죽는 날처럼 하늘을 우러러……'라고 크게 외치거나 민주화 운동 같은 함성이어야만 되는 것은 아니다. 길바닥 모퉁이에서 짓밟히는 잡초와 그를 찾아오는 작은 부전나비를 사랑하는 서투른 산문 한 쪽이라도 이 세상에 사랑을 심고 공생 공존의 철학을 전하며 세상을 구할 수 있다. 이런 사랑은 당당한 권리이기 때문에 오만하게 외쳐도 좋다……." 어느 문학지에 실린 김우종 발행인의 '권두 에세이' 일부다. 이런 글을 읽으면 남다른 재주를 타고난 문인들이 대단해 보이고, 사명과 권리, 오만이라는 찬바람 돌던 낱말조차 담벼락 아래 봄볕처럼 따뜻해진다.

세상에 책을 내보낸다는 것은 인간 존재로부터의 소리 없는 발언이다. 글쓰기의 어려움을 흔히 산고에 비유하지만 그건 출산해보지 않은 사람들의 말이니 비교할 대상은 아니다. 책 출간은 인생의 희로애락을 겪은 사람들의 고뇌와 사고의 몸짓이다. 개인사적 격정과 울분, 사색과 충일을 토로하기에 관심을 가지고 읽는 것이 도리겠으나 냉정한 독자는 자신에게 허여된 시간과 손익을 계산한다. 책을 보내면 모든 사람이 읽을 것이라고 착각하지 마시라, 눈뜨면 활동요지경처럼 유혹하는 것이 널린 세상에 반짝이는 시선, 어디에 머물게 할 것인가를 고민하면서 격조 있는 글쓰기에 분투해야 한다.

좋은 책을 읽으면 순수한 마음, 오롯한 정신, 결곡한 사상과 정면으로 만날 수 있다. 말의 씨앗이 어느 마음 밭에서 발아하여 어떤 꽃을 피울지 알 수 없는 일이다. 권두언은 책 표지, 제목과 함께 앞으로 나아가려는 구성원들의 푯대 끝에 매달린 자존의 깃발이다. 군자란이 봄의 전령으로, 필사의 노력으로 꽃대를 밀어 올려 우리 눈을 부시게 하듯 불안한 삶의 노정에서 정신의 허기를 채워 주는 글 만날 수 있기를 소망한다.

겨울 은유

한겨울 햇살이 첫돌 맞은 아이 웃음처럼 눈부시게 환합니다. 쨍, 얼음장 같은 정기는 옳은 일에 단호한 사람의 결기 같고, 춥지만 무언가 해야겠다는 의욕이 선명해지는 건 맵찬 날씨 덕분입니다. 청정한 공기가 나태해지려는 마음 긴장시키며 몸과 정신을 헹구어 냅니다. 젊은 날, 눈 덮인 산에서 볼이 빨갛게 얼어도 정신이 명료해지던, 발진 같은 감성의 촉수가 꼬물꼬물 솟아나던 기억과 맞닿아 있습니다. 이런 청신한 기억이 새삼 돋아나는 것은 발아하지 않은 감정이 그대로 묻혀 있었기 때문일까요.

천변에는 하얀 억새가 손 흔들며 섰는데 흑갈색 오리가

떼를 지어 날고 있습니다. 야트막한 물살에도 자맥질하며 먹이 찾는 어린 오리의 모습이 대견하고 어디서 날아왔는지 백로 한 쌍이 긴 다리로 서서 깃을 다듬고 있습니다. 시냇물이 검게 흐르는 것은 냇바닥의 침전물 때문이겠지요. 우리의 정신이나 생활도 비우면서 채워야 맑은 물처럼 순수하게 흐르겠습니다. 나뭇가지도, 풀도 퇴색하였는데 겨울의 생기를 더하는 것은 흐르는 물과 날짐승 덕분입니다. 생태계의 유기적 공존은 자신만 아니라 다른 목숨까지 의미를 부여하므로 살아 있다는 것은 무엇이든지 경이롭습니다. 적막한 겨울이 여름날 못지않게 풍성한 것은 그곳에도 생명이 함께하기 때문이겠지요.

천변 공터에는 심심한 바람 저 혼자 뒹굴고 지다 만 낙엽처럼 나무 의자가 호젓합니다. 햇볕도, 바람도 짐짓 고요하여 가만히 앉았더니 돌돌 시냇물 소리 미안한 듯 소리 낮춥니다. 성심으로 준비하고 기다린 나무 의자가 따사로워 손바닥으로 쓸어보았지요. 얼굴은 거칠었으나 심성 고운 시인처럼 다감하여 편안하였습니다. 안도하며 고개 들어보니 오리의 깃털도, 징검다리 모서리도, 산책하는 초로의 신사 은빛 머릿결도 눈길 닿는 곳마다 햇살은 자란자란하였습니다. 밤하늘의 별만 빛나는 것이 아니라 사물과 생명체도 반짝이는 별이었습니다. 인연의 고리마다 빛나는 별이기를 소망합니다.

시에서는 하고 싶은 말을 모두 담을 수 없어서 산문을 쓰고 싶다 하였던가요. 꿈돌 같은 시어를 찾느라, 세상사 감싸 안을 은유를 고르느라, 알레고리를 찾느라 고심했을 텐데 가볍게 읽어서 미안합니다. 바빠서 그랬다고 변명하는 것은 시의 숙독이 어려웠기 때문입니다. 그래도, 누구든 산문을 쓰겠다 하면 반가웠으니 동류의식이나 신선한 글에 대한 기대감이겠습니다. 그렇지요. 그냥 시를 쓰듯 산문도 쓰면 되지요. 어떤 글이든 쓰기가 쉬우랴만 말하듯이 생각나는 대로 쓰다 보면 눈, 코, 입이 생긴다는 말입니다. 번개처럼 떠오르는 영감이나 심상이 있다던데 글쎄 그건 잘 모르겠습니다. 이렇다 할 순간은 맛보지 못했습니다. 그런 절묘한 순간이 아무에게나 찾아오겠습니까.

팔려 가는 줄도 모르고 종종걸음으로 따라가던 순한 어린 양처럼 끌려오다 보니 지금에 이르렀다면 웃으시겠습니까. 너무 무책임한 말이라고요. 인생이 어디 의지대로 되는 것이 있던가요. 종합 병원에 가서 보면 원색 테이프를 바닥에 붙여 놓고 검사실로, 약국으로, 수납으로 가라며 빨간 테이프 따라가세요, 노란 테이프 따라가세요, 지시합니다. 색깔

따라 걷다 보면 목적지가 나와 볼일을 마치게 되고요. 그렇게 따라온 길이 제 길이었던 듯싶습니다. 그렇다면 인생도 단순하기 그지없는, 줄 찾기나 줄 따라 걷기는 아니었는지 모르겠습니다.

기사棋士가 숙고하며 바둑돌을 놓듯 글자를 새기듯 쓴 시의 묘수는 숨바꼭질 같았습니다. 하고 싶은 말을 에두르거나 감추어 놓으니 쉬이 찾을 수 있겠습니까. 시인과 독자의 술래잡기라면 웃으시겠는지요. 시에 대한 해독이 십인십색이라니 반박할 사람은 없다 해도 자다가 봉창 두드리는 소리는 곤란하겠지요. 그러니 시를 제대로 숙독하지 않았기 때문이라고 어설픈 고백이나 하는 것입니다.

숨이 멎을 듯싶은 시어나 구절을 보면 순간 최면으로 아득해집니다. 오르지 못할 나무를 쳐다보며 느끼는 절망감이라면 위로해 주시겠습니까. 그러니 쓸쓸한 날에는 시를 읽게 됩니다. 세상에 혼자라는 적막감으로 몸서리칠 때, 슬픔이 목까지 북받쳐 견딜 수 없을 때, 절망감으로 무서울 때 시를 읽습니다. 그때 시인은 나를 위해, 세상을 향해 대신 울어 주는 곡비였습니다. 그러니 그대 시인이라는 호칭에 긍지를 가져도 되겠습니다.

그동안의 시처럼 맑고 담백한 산문 기대 하겠습니다. 감동하는 것이 시든 산문이든 다를 것이 있겠습니까, 시인의 어휘 선택은 신선하고 탁월하여 시인이 쓴 산문은 각별한 맛이 있습니다. 천변을 걷다가 다리쉼 할 수 있는 나무 의자의 온기 같은, 이마의 땀을 식혀 주는 가을바람의 서늘함 같은, 힘들겠구나, 역성들 듯 제 설움에 스스로 너그러워져서 숨 고르게 하는 산문을, 수필을 생각합니다. 꽝, 얼음장 갈라지듯 긴장하는, 벼락 내려치듯 정신 번쩍 들게 하는 글도 괜찮겠지요. 겨울 하늘이 친정으로 나들이 떠나시던 어머니 남빛 비단 치맛자락입니다.

썸 타는 시간

　젊은 남녀가 호감을 느낄 때 상대가 먼저 만나자고 한다면 얼마나 반가울까. 내심 설레면서도 안 그런 척 수줍게 눈 맞추기 시작하는 청춘은 상상만으로도 즐겁다. '아, 내가 바라던 사람은 바로 이 사람이야.' 한눈에 반해 버리는 운명적인 만남은 환호할 일이지만 그런 행운은 아무에게나 찾아오지 않는다. 상대방을 본격적으로 사귀기 전에는 정말 괜찮은 사람인지 알 수 없다. 그럴 때는 상대가 남에게 어떻게 말하고 행동하는지를 눈여겨보는 것도 괜찮을 것이다.

　나에게 잘해 주는 것이야 당연한 일이므로 말할 것 없으나 자신보다 못한 사람, 신분이 낮은 사람에게 어떻게 대하는가를 보면 인간 됨됨이를 알 수 있다. 보편적으로 사회적 약자나 취약 계층 사람에게 친절하거나 진솔하게 대하면 기본적인 인성은 갖췄다고 보아도 무방하다. 인간관계에서 가장 중요한 것은 외모나 직업, 경제력보다도 인간을 귀하게 여기는 마음이고 그것이 인간사의 으뜸이다. 젊을 때는 이런 말들이 귀에 들어오지 않았으나 살면서 자연히 알게 됐다. 엊그제 본 젊은이의 인성도 따뜻할 것이다.

무더위에 지쳤는지 하늘도 빗낱을 뿌리기 시작했다. 행인의 발걸음도 빨라졌다. 어느 곳이든지 뜨거운 여름 볕을 고스란히 받으며 앉아 있기는 어려워서 길가에 좌판점을 벌인 삶의 무게도 간단치 않을 것이다. 횡단보도를 건너자, 푸성귀를 앞에 놓고 앉아 있던 노인이 기다렸다는 듯 말했다.

"이천 원인데 천오백 원에 팔아요."

한여름 열기에 시달린 노인의 행색과 아욱 잎이 후줄근하다. 한 단을 달라며 이천 원을 내밀었다. 우산을 펼치며 거스름돈은 안 주셔도 된다고 했다. 그때 젊은이가 뛰어오더니 그거 얼마냐고 했다. 이천 원인데 천오백에 팔아요. 노인은 아까와 똑같이 말했다. 몇 개 남았어요? 노인이 세 개라고 했다. "비도 오는데…… 그거 다 주세요."하며 오천 원짜리를 내밀었다. 거스름돈을 내주려고 하자 그는 됐다며 돌아섰다. 젊은이 뒤에 대고 노인은 고맙습니다, 고맙습니다, 경문 외우듯 반복하더니 서둘러 짐을 꾸리기 시작했다.

돌아서서 걷는데 젊은 남자의 혼잣소리가 그림자처럼 따라왔다. '비도 오는데 …….' 어떻게 저리 대견한 생각을 했을까, 풀지 못한 수수께끼 같았다. 세 다발의 아욱이 집에서는 환영받지 못하더라도 비가 오는데 어쩌지 못하고 앉아 있던 노인의 딱한 처지를 생각한 마음은 온유했다. 늙수그레한 남자가 안쓰러워서 비가 온다며 아욱을 세 단이나 산 젊은이는 그런 생각조차 하지 못한 나보다 분명 한 수 위였다.

요새 데이트 폭력이라는 말이 난무하고 피해자가 잇따라 나오거나 미혼모가 사회적 문제라는 뉴스를 접하면 안타까운 나머지 가슴이 아프다. 얼굴은 물론 이름 떠올리는 것만으로도 만면에 미소가 들꽃처럼 피어나고 봄날 새순처럼 설렜을 연인 사이가 어찌 저 지경까지 됐을까. 정나미 떨어지는 일을 당하기 전에는 상대방의 심중을 모른다. 듣기 좋은 말만 하고 선물 공세를 하는데 싫을 리가 있겠는가. 그러나 남루한 행색의 사람을 무시하고, 약자의 실수에 모질게 대하거나 별거 아닌 일에 필요 이상으로 화를 내면 인격에 장애가 있지 않을까. 이런 사람은 공감 능력도 떨어져서

타인의 고통에 무관심하거나 이기적인 경향이 있으니 생각
해 보아야 한다.

윤리적으로 반듯한 사람은 남에게 함부로 말하지 않는다.
아무리 화가 나도 내 여자, 내 남자뿐만 아니라 세상 누구
에게도 할 말과 하지 않아야 할 말을 분별할 줄 안다. 그쪽
으로 촉수를 뻗어 눈썰미를 가지고 조금만 신경 쓰면 안 보
이던 부분도 보인다. 문제를 발견하면 혼자 고민하지 말고
믿을만한 어른께 상의하여 해법을 찾으면 될 것이니 부끄
러워할 까닭은 없다. 이별의 통보에도 진심으로 성의를 다
하고 자존심은 건드리지 말아야 한다. 그런 성격을 지니게
된 사연도 있을 테니 이해하고 좋은 인연 만나기를 마음속
으로 빌어 주어야 한다. 여러 정황이 나타나도 무신경하여
눈치채지 못하고 몸을 허락하거나 결혼하면 어느 순간 상
대의 저열한 본색이 드러나면서 평생 고초를 겪는다. 그때
후회하면 이미 늦었으니 이는 남녀 마찬가지다.

'천성이란 문밖으로 쫓아내면 창문으로 날아들어 온다'
는 말이 있다. 악습이나 태생적인 약점은 본인이 인지하고
스스로 고쳐야겠다는 과감한 노력을 해야 괜찮은 인격체로
거듭날 수 있다. 이것 또한 슬기로운 사람만이 할 수 있다.
사람은 완전하지 않으므로 잘못했을 때 진심으로 사과하고

같은 잘못을 반복하지 않아야 한다. 남녀가 가까이 지내는 동안 감정에 충실하더라도 이성으로 상대를 관찰하고 선택은 스스로 해야 할 것이다. 어른이 된다는 것은 말과 행위에 대한 책임이며 존재에 대한 담보라고 할 수 있다.

인생은 그리 녹록하지 않다. 내가 가는 길이 안전하다, 여겼는데 빼도 박도 못하는 수렁이었고 방패막이라 여겼는데 썩은 짚단인 적이 많았다. 젠더 문제가 일반화된 현실에서 자존감을 가지고 선의 지향점을 향해 나아가면 세월이 도와주어서 지혜도 생긴다. 오만하지 않을 만큼의 자기애는 타인에 대한 이해의 폭도 넓힌다. 마음 주었던 사람과 헤어지면 처음에는 세상을 다 잃은 듯 견디기 힘들겠지만 그만큼 사랑도, 사람도, 삶도 배워 얻는 것도 있었으니 인생 공부하였다고 생각하면 된다. 시간이 흐르다 보면 세상을 보는 눈이 한층 넓어진 것을 실감할 것이다. 아욱 다발을 들고 뛰어가던 젊은이의 경쾌한 보폭이 한여름 열기를 식힌다.

지팡이와 봄날

"그대는 누구인가?"

무슨 소리가 들렸는가 싶어 주위를 둘러보았다. 숨소리도 빨아들일 듯 사위는 고요했다. 이상한 생각이 들어 눈을 감았다 떴다. 그제야 아파트 길가 철책 울타리에 커다란 물음표 하나가 눈에 들어왔다. 초록색 울타리에 호두빛깔 나무 물음표는 돋을새김 조형물처럼 도드라져 선명했다. 반질반질한 것이 천연덕스럽게 울타리에 걸터앉아 기다렸다는 듯 정색하며 물었다.

"어디를 바삐 가시는가?"

그것은 연단에 좌정하고 있는 근엄한 선승의 모습이거나

심오한 경전의 한 구절 같았다. 무엇에 얻어맞은 듯 옴짝달싹 못 한 채 머릿속이 수세미처럼 헝클어졌다. 나른하게 휘감아 오는 감미로운 봄 햇살을 온몸으로 받으며 대자보 같은 표징을 물끄러미 바라보았다. 착시 현상도 아니고, 눈으로 보았는데 귀로 들린 것은 무어란 말인가. 구멍 난 호스처럼 엉뚱한 곳을 향해 볼멘 투정이 솟구쳤다. 성능 떨어진 감각 기관의 착각이었다 하더라도 심심풀이로 던진 한가로운 봄날의 물음이었는지, 어수선하고 답답한 세상 생각 좀 하며 살라고 말미를 준 것이었는지 알 수 없었다. 누군가 한 사람을 겨냥했다면 그게 왜 하필 나였을까, 항의하고 싶으리만치 당황스러웠다.

핏기없던 얼굴에 화색이 돌 듯 어수선하던 머릿속이 정리되면서 정신이 돌아왔다. 좀 전의 현상들은 먼 나라를 돌아온 듯, 꿈속을 다녀온 듯 아득했다. 출구 모르는 미로를 헤맨 것처럼 진땀이 났던 것이 꽤 오랜 시간이 흐른 듯싶기도, 찰나 같기도 했다. 그렇더라도 누군가의 발이었던 지팡이 하나가 철벽처럼 막아서며 행인의 발걸음을 세운 것은 아무래도 난데없었다. 맹인이 손가락으로 점자를 해독하듯 구석구석 돌아다니며 세상사 판독하느라 수고하였을 지팡이가 작심하고 호령한 것 같았다. 근래에 생각해 본 적 없던 선문답 같은 물음이 떨치려 해도 달라붙어 화두인 양 골 몰했다. 현실감 없는 채로 부유하듯 천천히 가던 길을 걸었다.

나뭇가지나 시멘트 틈바구니에서 뾰족뾰족 새순을 내미 는 초목들은 소리 없이 전해 오는 희소식처럼 가만사뿐 연 두로 반짝거렸다. 계절의 순환이야 말할 것 없고, 생물이든 무생물이든 세상에 존재하는 모든 것이 변하므로 오늘 바 라보는 세상이 어제의 오늘이 아니기에 지금의 세계의식이 새삼스러울 것은 없을 것이다. 꽃잎처럼 쌓이다가 눈발처 럼 흩어져 버린 날들이라고, 남들은 이미 알던 지식을 이제 야 배웠으니 흘러간 세월이 억울하다고 절망할 필요도 없 을 것이다. 이제라도 배웠으면 천만다행이라고 위안이나 삼을 일이다. 사방을 둘러보아도 말 붙일 곳 하나 없어 날 밤을 하얗게 밝혔거나 풀어낼 곳 없어 거리를 헤매던 젊은 날이었더라도 생각은 동굴처럼 깊어졌을 터다. 사람들과 부대끼며 살아갈수록 상처는 깊어지더라도 결국 인간은 혼 자일 수밖에 없음을 인정하면서 오늘을 성실히 살다 가면 그뿐 아니겠는가?

단호하다가 돌연 쓸쓸해지는 것은 정작 나는 누구이며, 어디로 향하고 있는가. 분명한 물음에 허둥거리는 답변 때 문일 것이다. 노상 같은 날 같았지만 삶은 언제나 엄연하고 가차 없으며 느닷없음의 연속이었다. 나는 아니라고 손사래 친다 해도 간고한 세월은 피해 가는 법이 없었으니 적지 않은 세월을 살아오면서 알게 되었다. 산골짜기에서 시작된 물이 웅덩이를 만나면 소용돌이에 휩쓸리다가 돌부리에 채면 돌아 흐르기를 반복하면서 바다에 이르듯 용케 나도 지금에 이르렀다. 세상에 존재하는 한 언제 어디서 누구에게나 할 수 있는 존재론적 질문에 새삼 심각할 필요는 없다. 너는 누구이며 어디로 가느냐? 느닷없이 출몰하여 뒤통수치고 달아난 문장 하나에 골몰하느라 걸음은 굼떴으나 나는 누구에게 기대어 호칭 되는 아무개도 아닌, 우주 속의 한 존재로서 내 몫의 삶을 꿋꿋이 살아 낼 뿐이다. 여우 굴 피하면 호랑이 굴이 나타나듯이 억울하여 괴롭던 기억들이 불쑥불쑥 고개 내밀어 한숨지었어도 인생이 그런 것이라는 것쯤은 알았다.

감당할 수 없는 일인 줄 알면서도 거절하지 못해 돌아서서 속 끓이기 일쑤였던, 매사 어리숙하기 짝이 없던 스스로 만만치 않은 세상 살아내느라 애썼다고 위로를 한다. 그런 어려움을 헤쳐 나왔기에 지금의 평온이 고맙고 뒤늦게나마 원하는 일을 하면서 하기 싫은 일 안 해도 된다고 생각하면 지난날은 복사꽃 흐드러진 봄날이었다.

볼일을 끝내고 집으로 돌아오는 길은 한결 마음이 가벼웠다. 잘못 보았던 것일까, 그곳에 정말 지팡이가 걸려 있었던 것일까. 아니면 어느 분이 해바라기 하러 밖으로 나왔다가 울타리에 걸어 두고 깜빡 잊었던 것을 도로 찾아갔을까. 그것은 거짓말처럼 흔적도 없이 사라지고 누구 약 올리려는 듯 울타리는 천연덕스럽게 녹색 페인트칠로 번들거렸다. 봄은 어린아이뿐만이 아니라 겨우내 방 안에서 지내던 노인까지 불러낸다.

긴긴 봄날이라 해도 심각해질 필요 없듯이 미혹에 빠질 이유도 없다. 산란해지려는 정신을 서둘러 수습하면서 어깨를 곤추세운다. 아직 두 발로 씩씩하게 걸을 수 있고 당장 해야 할 일 산처럼 쌓여 있으니 몸과 마음 비할 데 없이 바쁘다고 최면을 걸면서 활기찬 발걸음을 재촉한다. 하루에 두 번 빨래해서 입고 나들이 간다는 봄날이다.

공명共鳴

　충청도 병천 아우내 장터에서 '대한 독립 만세'를 부르다 일본의 총알에 부모님이 쓰러지는 것을 목격한 유관순은 아버지를 부르며 몸부림친다. 유관순과 함께 만세를 부르다가 일본 순사에 잡혀 서대문형무소에 갇힌 사람들은 옴짝달싹할 수 없이 비좁고 추운 방에서 옹송그리고 앉아 있다. 간수가 던져준 주먹밥 하나를 손에 들고, 공연히 쓸데없는 짓을 해서 이게 무슨 꼴이냐고 누군가 불평을 토로하자 방안 여기저기서 소요가 일어난다.

　"만세! 누가 시켜서 했습니까?"

　서릿발 같은 일갈에 방안은 물을 끼얹은 듯 고요하고 시켜서 한 일 결코 아니라고 사람들은 저마다 고개를 저었다. 불확실하던 명분이 깃발을 흔들자 단호한 결기와 서슬이 정신을 곧추세운다. 자신에 대한 확신이 분명해지면서 거짓말처럼 사람들 눈빛에 온기가 돌았다.

제 나라를 찾겠다고 만세 부른 것은 잘못이 아니니 잡힌 것이 억울하더라도 참고 견디어 기필코 살아서 나가야 한다고 유관순은 움직이기 시작했다. 맥없이 앉아 있기에는 지루하기 짝없는 감방이지만 동료들은 유관순을 따라서 맨발인 채로 천천히 방안을 돌았다. 방안 돌기는 그나마 운동이 되었다. 수감자들과 뱅글뱅글 원을 그리던 유관순의 입에서 작고 나지막하게 아리랑 노랫가락이 흘러나왔다. 자연스럽게 하나, 둘 입에서 귀로 전해지며 방안을 맴돌던 노랫소리는 점점 크고 힘차게 밖으로 퍼져나갔다. 옆방에서도 따라 부르는가 싶더니 급기야 이방 저방에서 노랫가락이 넘실거리고 강물이 범람하듯 감옥 안은 노도처럼 노랫소리가 홍수를 이뤘다.

기가 막힌 비참한 상황에서도 노래를 부를 수 있다는 건 마음에 여유가 있어서가 아니라 목까지 차오른 슬픔과 분노를 향한 몸부림이었다. 어차피 나라를 잃으면 모든 것을 잃는 것이니 무엇을 더 바라겠는가. 어찌할 수 없는 체념이며 절규였다.

옛날부터 우리 민족은 기쁘면 기쁜 대로, 슬프거나 힘들면 또 그대로 노래를 불렀으니 이는 지금을 살아야 하는 인간의 삶에 대한 긍정이었다. 상여를 짊어지고 가파른 산에 오르면서도 요령꾼의 선창으로 구슬프게 노래를 불렀던 것은 나약하기 짝이 없는 인간이 어찌할 수 없어 부르는 낮은 자의 기도였다. 밭을 매거나 논에 김매기를 하면서도 노래 부르는 것을 낙천적인 민족성 때문이라고 하지만 고된 노동의 시름을 잊으려는, 에둘러 표현하는 백성들의 해학이며 하소연이었는지 모른다. 그렇다면 암담한 처지, 영어의 몸이면서도 노랫소리가 터져 나온 것도 그것들과 별반 다르지 않을 것이다.

노랫소리가 자신들에게는 야유로 들렸는지 당황한 간수가 진원지를 찾아 발광하듯 이리 뛰고 저리 닫으며 애를 태웠으나 도무지 알 수 없어 발만 동동 굴렀다. 급기야 주동자 색출에 나서고 한 사람씩 불러내어 회유하기 시작했다. 마지못한 누군가 발설하여 유관순이 주동자라는 사실이 밝혀지고 그는 독방에 갇혔다. 그곳에서도 조용히 있으면 좋으련만 울분이 솟구쳐 가만히 있을 수 없었다. 경찰이 묻는 말마다 대답에는 가시가 돋아 모진 욕설을 받으며 고문을 견뎌야 했다. 발은 쇠사슬에 묶이고 손은 철 고리로 채워졌으나 독립에 대한 염원은 수그러들지 않았다.

감옥에서 3·1독립 만세 1주년이 된 것을 알게 된 유관순은 가만히 있을 수 없다며 옥중에서 "대한 독립 만세"를 목청껏 외쳤다. 화답하듯 메아리인 듯 만세 소리는 다른 방에서도 터져 나왔다. 온 감옥이 그 소리로 가득 차더니 형무소 담장을 넘어 서울 시내까지 울려 퍼졌다. 감옥에서의 만세 소리가 도화선이 되어 온 나라 사람들이 다시 대한 독립 만세를 외쳤다. 모진 고문을 견디지 못한 유관순은 감옥에서 쓰러졌으나 3·1 독립 만세 사건은 중국의 5·4 운동과 아시아 다른 나라에도 영향을 미쳤다.

〈항거-유관순〉 영화는 유관순이 시위에 참여했다가 붙잡혀 서대문형무소에서 지낸 일 년 동안의 이야기다. 감독은 서대문형무소 기념관에 갔다가 유관순 사진을 보면서 예사롭지 않은 눈빛에 강렬한 인상을 받아 영화를 만들었다고 했다. "나라를 위해 바칠 목숨이 오직 하나밖에 없는 것이 유일한 슬픔이다." 도도한 신념은 일본 경찰 앞에서도 또렷하고 분명하게 말할 수 있었다. 겨우 열여섯 살 앳된 소녀였으나 나라를 위해 싸운 결기와 기개는 어른 못지않았기에 나라에서는 그를 열사라 칭하고 삶을 기리는 것이리라.

영화가 끝나자, 수형자들의 이름과 얼굴 사진이 계속 자막으로 이어졌다. 앳된 얼굴, 순박한 표정들은 과연 죄가 무엇인지나 알까 싶게 해사했다. 그대들이 있었기에 우리가 편히 살게 되었다고, 그런 세상이 온다면 그대들처럼 만세를 부르겠노라고 다짐하였을까. 생각이 깊어진 관객들은 자리에서 일어나지 않았다. 인간의 양심에는 선과 진리를 지향하는 순연한 마음이 있으므로 알게 모르게 쌓인 정서들이 민족의 정체성으로 옹립될 것이다.

"저런 세상이 다시 온다면 아마 우리도 거리로 뛰쳐나갈 거야." 앞서가는 젊은이들이 얘기를 나누며 계단을 내려간다. '우리에게는 아직 희망이 있구나.' 그들의 말을 귓결에 들으며 든 생각이다. 2019년, 3·1 운동 100주년을 맞았다. 이런 영화를 보거나 서대문형무소를 둘러보거나 천안 독립기념관을 방문하는 것은 소시민들의 뜨거운 연대감일 것이다.

신들의 유기소

　현대 미술은 소재도 다양하고 착상도 기발해서 진화 중이라는 말이 옳을 것이다. 대중들에게 다양한 사유를 불러일으키고 각성을 재우치는 것이 예술가들의 할 일이고, 보고 느끼는 대로 감상하는 것이 관람자들의 몫이라면 이는 현대 미술이 지향하는 바다. 획기적인 발상이나 창작 활동 또한 인간의 머리에서 나온 것이고 하늘 아래서 이루어지는 일이기에 이해하지 못할 것은 없다 하더라도 작가의 이상은 하늘을 찌르고 상상의 지평은 넓다. 예술가는 머리를 확장 시키려 노력하고 손과 발을 부지런히 움직여 전진하면서 영역을 넓혀 나아갈 때 미흡한 부분은 다음 세대가 이어갈 것이다.

대전시립미술관에서 2017년 아시아 태평양 현대 미술 〈헬로우, 시티!〉전이 열렸다. 2017년 아시아 태평양 도시정상회의(APCS) 대전 개최 기념으로 아시아, 태평양 북미 지역에서 활동하는 작가들을 초청하여 전 세계적으로 논의되고 있는 다양한 이슈를 예술로 승화시킨 전시라 할 수 있다.

늦더위는 기승을 부려 얼굴에선 땀이 줄줄 흘러내렸다. 미술관은 마침맞게 시원하고 토요일인데 생각보다 사람들이 많지 않아 관람하기는 좋았다. 쌓이는 쓰레기를 재활용해서 거대한 선박으로 만들어 놓은 것이나 현대인들의 방만한 소비 형태와 탐욕스러운 인간의 정신을 우람한 돼지로 형상화한 것은 특별한 의미의 조합이었다. 미래에 대한 환상을 화려한 색채로 표현하고 사물에 대한 탐구를 정교한 문양으로 디자인하면서 아기자기하게 표현한 것은 학생들에게는 상상을 촉발하는 자극제가 될 것이다. 자유로운 자세로 소파에 앉았거나 세련된 옷차림과 우아한 자태로 서서 담소 나누는 신사 숙녀의 머리를 모두 돌덩이로 표현한 것은 쓴웃음이 나왔다. 물질에 대한 욕망과 생각 없이 무리에 휩쓸리고 지각없이 행동하는 군상들의 상징이라 할 수 있다. 다루기 쉬운 재질로 만들었다 해도 모형은 영락없이 곧 쓰러질 것 같은 검회색 바윗덩어리였다.

전시장을 돌아보고 나서는데 대만 타이페이의 작가 평홍즈(Peng Hungchih)의 〈신들의 유기소2(God pound2)〉라는 작품에 생각이 달라붙었다. 전시장 한 공간을 차지하고 높다랗게 차린 제단 화면에는 개가 나타났다가 사라지고 바닥에는 부처상인지 인간 모형의 작은 신상神像들을 가지런히 늘어놓았다. 알록달록 원색으로 꾸민 제단이야 그렇다 치더라도 501개의 신상을 모두 쓰레기통에서 주워 왔는지, 새것으로 꾸몄는지 알 수 없으나 버려진 신상들의 집합체라 했다.

대만에서는 몇 년 전, 한창 불어 닥친 도박 열풍으로 너도나도 일확천금의 꿈을 안고 도박에 심취한 사람들이 각양각색으로 제멋대로의 신상을 만들고 그 앞에 머리 조아리며 돈벼락 맞게 해달라고 빌었다. 결국 가진 돈 모두 날리고 빌어야 할 명분도 사라지자, 피서지에서 데리고 놀던 강아지 귀찮아지면 버리고 집에 가는 젊은이처럼 효용가치 떨어진 신상들을 모두 쓰레기통에 버렸으니 쓰레기통이 '신들의 유기소'라는 설명이다. 사회악인 도박의 광풍도 놀라웠지만 온당치 못한 일에 신들이 도와줄 것이라 믿으며 너도나도 신상을 만들고 그 앞에서 두 손 맞대어 빌었다는 발상이 어설픈 어릿광대의 몸짓처럼 유치하기 짝이 없다. 헛된 욕심에 눈이 멀었으니 높다랗게 쌓아 올린 신상 또한 허상에 불과할 것이며 한 여름밤의 불꽃놀이처럼 허깨비놀음이었다는 허망에 진저리칠 것이다.

작가도 사람들에게 경각심을 주려고 사회 고발성 작품을 제작하였다는데 소재 발굴은 물론 설치 미술에 대한 용감성이 돋보였다. 자신들의 치부가 고스란히 드러난 작품을 본 당사자들이 작가에게 삿대질하며 돌아섰는지, 제정신이 돌아와 얼굴 붉히며 부끄러워하였는지 알 수 없으나 인간의 허욕과 비루한 단면을 여실히 보여 주었다고 할 수 있다.

현대 미술이 지향하는 바도 아름다움에 대한 모색이며 발굴인 동시에 양심 부재의 횡행과 몰염치에 대한 지적이며 반성의 촉구인지 모른다.

"저들은 내가 명령한 길에서 빨리도 벗어나 자기들을 위하여 수송아지 상을 부어 만들어 놓고서는 그것에 절하고 제사 지내며, '이스라엘아, 이분이 너를 이집트 땅에서 데리고 올라오신 너의 신이시다' 하고 말한다."(탈출 32, 8)

어느 종교나 마찬가지로 신은 자신의 필요에 따라 급조하여 놓고 머리 조아리는 자에게 복을 내리는 것이 아니라 올곧은 마음과 섬세한 양심으로 남에게 베풀고 나누는 선한 마음에 깃든다. 기도는 남을 위해 간절할 때 통섭할 것이며 정의로운 일로 곡진할 때 너른 품을 내어 줄 것이다. 우리가 버려야 할 것은 신도, 신상도 아니며 탐욕과 불신, 죽을 때까지 놓지 못하는 악습이다.

진선미로 요약되는 모든 예술은 집단의 양심을 깨우는 수단이며 존재 가치를 선전하는 도구라는 작가의 말에 수긍했다. 미술뿐만이 아니라 조작된 신화로 대중에게 호도하는 글이 아니라 영혼에 울림을 줄 수 있는 웅숭깊은 글은 무엇일까, 한 사람의 양심이라도 건드려서 각성을 촉구하는 글을 쓸 수 있도록 깨어 기도할 수 있기를 소망한다. 기우는 햇살이 수굿해서 한결 걷기 좋았다.

목 없는 불상

경주에 들어서면 여느 도시에서 볼 수 없는 커다란 무덤들이 시선을 압도한다. 신라는 992년 동안 56명의 왕이 있었으니 왕릉도 그만큼 되고, 시신과 함께 애장품이나 껴묻거리를 묻어 왕릉이 커졌다 해도 무덤 하나가 가히 시골 동네 뒷동산만 하여 놀랐다. 낮은 건물 사이로 여름밤 둥근달 솟아오르듯 불쑥불쑥 나타나는 봉분으로 하여 천년고도 경주가 무덤의 도시 같다. 떼지어 몰려왔다 몰려가는 관광객들의 소란이 잦아들면 산 자와 죽은 자가 공존하는 도시가 수면처럼 고요하고 차분하다.

여장을 풀고 먼저 남산을 찾은 것은, 지난번 학술제 특강 시간에 S 교수께서 경주에 가면 꼭 남산에 올라 몸통만 남고 목이 없는 불상을 찾아보라 하신 말씀이 생각났기 때문이다. 목 없는 불상이라는 말은 입에 올리기조차 미안해서 쉬이 꺼내기가 저어된다. 그렇다고 달리 말할 수 없어서 목 없는 불상을 보러왔다고 길을 물으니 친절한 안내원은 남산 삼릉계곡을 알려 주면서 그것들은 경주박물관에도 많다고 귀띔을 한다.

커다란 능 셋이 나란한 삼릉계곡에는 조밀한 밀도 속에서 휘어지며 쑥쑥 자란 키 큰 소나무들의 위용이 대단했다. 굵지 않은 몸체로 구불구불 뻗어나간 소나무는 옅은 안개에 싸여 회화적으로 보이고 비바람에 흔들리며 자란 나뭇가지는 리듬을 지닌 채 고요 속에 잠겨 있었다. 봄바람에 휩쓸리는 보리밭의 물결이나 가을 들판에 나부끼는 갈대꽃에서 율동미를 느끼기는 하였으나 나무에서 가락을 감지하기는 처음이었다. 첫봄의 찬가를 부르거나 찬바람 눈보라를 견디어낸 만큼 생존의 몸부림도 치열하였을 테니 소나무는 뿌리 내린 자리에서 제 몸에 애환의 곡조를 품었는지 모를 일이다.

완만한 산책로를 따라 오르자 멀지 않은 곳에 목이 없는 불상이 보였다. 계곡에 엎어져 있던 것을 1964년에 발견하

여 옮겨 놓았다는 석조여래좌상은 육중한 몸으로 왼쪽 손
도 잘려 나간 채 정좌하고 있다. 진리로부터 진리를 따라서
온 사람이라는 여래의 뜻은 부처를 달리 이르는 말이다. 땅
속에 파묻혀 있었기에 마멸 없이 옷 주름이 생생하고, 왼쪽
어깨에 늘어뜨린 전통매듭 문양은 신라 시대부터 장식으
로 사용하던 것으로 복식 연구에 도움이 된다고 안내판에
서 설명한다. 머리와 한쪽 손만 없을 뿐이지 상태가 온전하
다는 뜻이다. 사람이나 형상은 표정으로 사유나 의미를 읽
을 수 있는데 목이 없는 부처상을 코앞에서 바라보니 시선
을 어디에 두어야 할지, 무슨 생각을, 무엇을 말해야 할지
긴장되면서 난감했다. 순간 얼굴이 달아올라 가만히 합장
하고 목례를 했다. 그러니까 다른 사람들도 기껏 불의佛衣
주름이나 살피고 전통매듭 장식이나 헤아렸구나, 생각하니
쓴웃음이 나왔다.

경주에는 목이 없는 불상이 많다. 지진이나 태풍, 자연재
해로 인해 석불의 목이 떨어져 나가거나 전쟁을 겪으며 훼
손되었을 것이다. 또한 고려 말에 타락한 불교가 정치와 사
회를 문란케 하여 불교 탄압으로 이어지고, 정권이 바뀐 조
선 초기에 유교를 숭상하던 선비와 신흥사대부들이 목불木
佛을 불태우거나 석불을 내동댕이치면서 목이 잘려 나갔다

고 한다. 자연재해로 머리통이 떨어져 나갔다면 어딘가에 있을 테니 찾아야 하고 그것이 아니라면 가장 중요한 머리는 누군가 의도적으로 훼손하였을 것이라는 의문이 든다. 권력을 쥐고 종교를 빙자한 사람들의 탐욕과 부도덕한 행태가 문제이지 불상의 탓은 아닐 텐데 애꿎은 불상만 수난을 당했다고 생각하면 어처구니없는 노릇이다.

과연 경주박물관 뒤뜰에는 손바닥을 위로하거나 두 손을 모아 쥐거나 손 모양이나 위치가 다른, 머리 없는 불상들이 장난감 가게 인형들처럼 나란히 앉아 있었다. 이렇게 많은 불상이 몸뚱이만 있고 머리통은 도대체 어디로 사라졌다는 말인가. 한탄이 절로 나왔다. 또한 몸뚱이가 없고 나발이 단정한 부처상을 마당 왼편에 앉혀 놓은 것을 보면서도 마찬가지로 가슴이 먹먹했다. 나그네 심사야 아랑곳없이 보일 듯 말 듯 얼굴에서 배어 나오는 은근한 미소가 천연스럽다. 머리가 없거나, 몸통이 달아났거나 생각 없이 돌부처를 바라본다면 한낱 돌덩이에 불과할 것이나 세상의 온갖 고통과 번뇌를 해탈하여 깨달음의 경지에 이른 형상이라고 생각한다면, 정신만은 우주와 온 중생의 마음을 싸안고도 남을 것이다. 선조들의 정신이 오롯이 스며 있는 유물과 유적들이 훼손된 것은 안타까운 일이므로 종교와 별개로 드는 생각이다.

무생물인 돌덩이를 깨트려 갈고 다듬어서 부처 형상을 만
드는 일은 생명을 불어넣는 일이다. 신앙심에서 비롯하여
사람들에게 영향을 주는 성물인 경우는 말해 무엇 하겠는
가. 권세가의 지시에 의해서든, 자발적 신심에 의해서든 육
중한 돌덩이를 쪼아 성심을 다해 부처상을 만드는 것은 불
심이 없으면 할 수 없는 일이다. 이름난 장인의 세련된 기
술이나 소박한 백성의 서툰 솜씨나 만든 사람의 얼이 고스
란히 스며 있기 때문이다. 객지로 떠도는 자식의 안녕을 바
라는 간절함이 장독대에 정화수를 떠 놓고 두 손 빌게 한
다. 기댈 데 없는 인간이 현세의 복락을 빌고 후세의 극락
왕생을 기원한다는 염원으로 목불이나 석불, 마애불을 만
들었을 것이다.

세상에 의미 없는 것은 없다. 얼굴 없는 부처의 형상이
무슨 의미가 있겠느냐, 싶지만 내치지 않고 몸뚱이나마 보
존한 것은 그나마 다행스러운 일이다. 역사가 승자의 기록
이라 하더라도 떳떳하고 의젓한 역사가 있듯이 부끄럽고
유치하기 짝이 없는 용렬한 역사도 있을 것이다. 역사적 사
실을 그대로 기록하고 유물을 원래대로 남겨 놓는 것이 선
대가 할 일이라면, 옛 분들은 이런 생각을 하며 살았구나,

인간에 대한 이해와 사물에 대한 천착이 우리가 지녀야 할
마음 자세일 것이다. 보편적 가치가 상충할 때 어떤 분별력
을, 불의 앞에서 어떤 태도를 지녀야 하는가, 고민해야 하
는 연유이다.

석굴암 가는 길

차에서 내리자 토함산에는 안개가 자욱했다. 빗낱이 돋는가 싶더니 부슬부슬 안개비가 내렸다. 참새만 한 다람쥐가 길손을 맞듯 나타났다 사라지고 잊을 만하면 다시 나타났다. 두 손을 모아 쥐고 있다가 눈이 마주친다 싶으면 잽싸게 달아나는 날다람쥐의 날쌘 동작엔 웃음이 나오는데 꼬리까지 이어진 갈색 줄무늬가 앙증맞다. 하얀 안개가 울울창창한 여름 숲을 감싸 안으며 거대한 생명체처럼 느릿느릿 움직였다.

주차장에서 멀지 않은 곳에 국보 제24호인 석불 사원 석굴암이 있었다. 굴은 외벽까지 철책으로 둘러쳐 놓고 수리

중이라 본존 여래상인 본존불상만 유리창을 통해 보았다. 신라 유물 가운데 최고 작품이라 칭하는 본존불상은 내리뜬 듯 감은 눈과 꼭 다문 또렷한 입술이 근엄하면서 자애로웠다. 오욕칠정의 번뇌를 잠재워 줄 것 같은 고요함으로 진선미의 정점을 이룬 모습으로 정좌하고 있다. 몇 번을 바라보아도 어떻게 저런 은은한 미소를 돌덩이에 새겨 놓았는지, 따사로운 기운이 얼굴 전체에서 우러나오게 하였는지 신기했다. 예술가는 흠잡을 데 없이 완벽한 조형미에 감탄할 것이며, 종교인은 진리는 결국 통하는 것을 느끼고, 불교도는 부처님의 무한한 자비에 합장할 것이다. 불교에 대한 얄팍한 상식과 어설픈 감상으로 이런 말을 늘어놓는 것조차 삼가 저어되는 노릇이나 남산에서 머리 없는 불상을 보고 느낀 안타까움과 섭섭한 마음이 본존불의 환하고 온화한 표정으로 상쇄됐다.

고등학교 2학년 가을 3박 4일 일정으로 경주, 부산 유엔묘지, 진해를 돌아보는 수학여행을 떠났다. 버스는 시골길을 무진 달리는데 누군가 부추기는 바람에 시작한 친구의 노래와 춤 솜씨에 환호했다. '세상에 쟤가 저렇게 노래를 잘 불렀던가' 지금 세상이라면 전국노래자랑에 나와 군중을 들었다 놓을 만한 재주였다. 〈월남에 돌아온 김상사〉

〈섬마을 선생님〉〈노란 샤쓰의 사나이〉따위의 노래를 악보 없이 부른다는 것이 신기하고 몇몇 아이들이 동조해서 먼 여행길이 와글와글 즐거웠다. 제 흥에 겨워 소리 지르거나 통로에 나와 춤추는 아이들도 있었으나 그는 세상에 모르는 노래가 없다는 듯 부르는데 나는 그렇게 많은 유행가를 안다는 것이 놀라웠다.

버스가 경주에 들어서자 사방에서 눈에 들어오는 왕릉은 상상 이상으로 크고 많았다. 불국사 아래 여관은 검정 기와를 올린 한옥으로 방이 엄청 넓었으며 여장을 풀고 올라가 본 불국사는 어마어마하게 큰 절이었다. 절 마당에는 전국에서 수학여행 온 검은색 교복을 입은 남학생, 여학생들로 새카맣게 고물고물 움직이는 개미들과 다를 바 없었다. 청운교, 백운교를 오르내리며 사진 찍고 석가탑 다보탑을 올려다보며 커다란 돌을 어떻게 다듬어서 들어 올렸을까, 모양과 크기가 똑같은 돌은 사방 크기가 정확해야 들어맞을 듯싶고, 수학적 계산이 정확해야 할 텐데 신라 사람들은 그런 수리에 능통했다는 것이 아닌가. 단단한 화강암을 흙 반죽 주무르듯 정교하게 쪼고 다듬어서 아귀 맞춰 놓았다는 것이 놀라웠다. 의젓한 단순미가 석가탑의 자랑이라면 섬세하고 정교한 아름다움이 다보탑의 뛰어남이라 했다.

한방에 수십 명씩 들어간 여관방에서는 밤새 떠들며 노느라 잠을 설치고 잠자리가 바뀌어서 쉬이 잠들지 못하는데 그런 틈바구니에서 비몽사몽 헤매다가 누가 깨우는 바람에 눈을 떴다. 여관방 뒤뜰 우물에서 퍼 올린 세숫물은 놀랄 만큼 차갑고 무심코 올려다본 하늘에는 하얀 새벽달이 천연스레 맑은 얼굴로 내려다보고 있었다. 간밤의 소란은 사라지고 순간 천지간에 홀로인 듯 호젓했다. 달 때문인지, 처음 집을 떠나 잠을 잔 때문인지 잠깐 집 생각과 엄마 생각이 났는데 쓸쓸하면서 은밀했다. 누가 볼 새라 후닥닥 방으로 들어왔지만, 그 후로 호젓한 느낌을 받을 때면 비밀처럼 그때가 떠오르고 미소가 번졌다. 두세 명씩 줄지어 석굴암으로 향하는 조붓한 산길에는 벌써 낙엽이 수북하여 오싹 한기가 돌았다.

석굴암 마당에 들어서자, 동해에서 아침 해가 빨갛게 솟아오르고 환호성이 터졌다. 어둑하던 산속이 순식간에 환해지면서 친구들 얼굴에 붉은 기운이 서렸다. 뒷면에 돋을 새김으로 조각한 연꽃은 광배 두른 듯 영채를 띠고 본존불 거대한 몸에서는 서기가 뿜어져 나오듯 위용이 대단했다. 이마에 박은 금인지 보석인지 아침 햇살을 받으면 찬연히 빛난다는데 일제 강점기에 누가 빼갔다던가. 휑하니 구

멍만 남아 있었다. 벽면에는 부조한 여래상의 얼굴이 아리
땁기 그지없고 몸을 감은 가사 자락은 하늘하늘 비단 같았
다. 그때 받은 충격이 너무 커서 석굴암 지붕을 고쳤는데도
물이 샌다거나 바닥에 이끼가 끼어 보수 공사를 한다는 뉴
스를 보면 현대 석조 기술이 1,300년 전만도 못하구나, 한
탄스러워서 누군가 기다리는 듯 다시 찾아보아야지 벼르곤
했다.

　오랜 세월 동안 변함없는 모습으로 건재한 석굴암 본존불
이 고마워 가만히 합장한다. 무슨 사연이든지 들어줄 것 같
은 편안함과 어떤 잘못이라도 용서해 줄 것 같은 너그러움
을 지녔기에 중생들은 이곳을 찾을 것이다. 빼어난 예술품
의 서늘한 감동은 성심을 다한 장인의 지극한 손길 덕분이
다. 산길을 내려올 때는 돌 틈에서 빠끔 고개 내민 다람쥐
가 배웅하고 있었다.

껴묻거리

환금가치가 뛰어난 금붙이나 값어치 나가는 보석만이 보물은 아닐 것이다. 어디서 찾을 수도, 볼 수도 없는 희귀성과 흉내 낼 수조차 없는 독창성을 간직한 채 장구한 세월 동안 땅속에 묻혀 있었다면 세월의 무게와 죽음의 허무가 스스로 위상을 높였을 것이다. 수천 년 전 고대 이집트의 무덤에서 나온 왕의 미라와 부장품을 보면서 우물 속처럼 생각이 깊어졌다.

서울 국립중앙박물관에서 〈이집트 보물전〉이 열리고 있다. 시신을 손질하여 70여 일 동안 말려서 미라로 만들어 장례를 치르고 영원 불사를 바라는 마음으로 화려하고 견고하게 관을 만들어 석청을 발라 묻었기에 지금까지 온전할 수 있었다. 생전의 신분과 경제력에 따라 관 뚜껑 그림도 선명하게 아름답고 관의 크기도 달랐다. 사후에도 주인을 시중들며 도와주라고 삽티(인형)를 만들어 관 안에 넣었다는데 아이들 소꿉 장난감 같은 인형들을 보자 발상도 그렇거니와 모습도 작고 앙증맞아 웃음이 나왔다. 발굴 후에도 얼마나 정성을 들였으면 사람 형상이 훼손되지 않은채 또렷이 그대로인지 신기했다. 이걸 보려고 꽃샘추위도 아랑곳하지 않은 채 구불구불 줄지어 선 관람객들을 보면서 영생을 꿈꾸었다는 고대 사람들의 바람이 헛된 것이 아니라 그들의 꿈이 실현됐는지도 모르겠다는 시답잖은 생각까지 들었다.

나무에 새긴 선명한 인물 조각이나 상형 문자로 장식한 관 뚜껑은 세월과 무관하게 문양과 색채를 고스란히 간직하고 있었다. 보존 상태가 양호하여 놀랍기도 하였지만 그림의 색채와 디자인이 촌스럽다거나 어설프지 않게 세련되어 까마득한 세월 저편 사람들이 지금 우리의 생각과 별반다르지 않았다는 것이 반가웠다. 오히려 어디선가 보았던인물 조각상이나 멋있다고 여겨지던 스카프나 블라우스의기하학적 무늬가 이집트인들이 고안한 문양에서 모티브를

얻었을까, 싶었다. 그렇다면 지금 사람들의 아이디어나 옛 사람들의 궁리가 거기서 거기, 오십보백보라는 의미일 것이다.

"무덤에서 잘 살아라, 서쪽 세상에서 보람 있게 살아라, 죽음은 우리를 겸손하게 만들고, 삶은 우리를 드높이나니 죽음의 길은 영원하다." 이집트 제4왕조 왕자 드제대프호르(Djedefhor)가 썼다는 시 구절이 숙연하게 하는데 미라와 함께 관속에 넣었다는 『사자死者의 서』가 발길을 잡는다. "이 주문呪文을 아는 이는 내세에서 영원을 얻을 것이다." 죽은 이가 반드시 알아야 하고 사후 세계로 안전하게 들어가기 위해 외워야 하는 주문과 신들에 대한 찬가, 기도문을 파피루스나 가죽에 상형 문자로 기록하여 미라와 함께 묻었다. 현세에서 선행을 쌓지 않으면 내세에 갈 수 없다는 사후 세계에 대한 안내서로써 죽은 자를 보호하며 돕는다고 믿었다는 것이다.

이집트 나일강 가장자리에는 파피루스라는 식물이 많았다. 가느다란 풀줄기를 잘라 가로와 세로로 놓은 다음 무거운 돌로 꼭 눌러 말려서 종이로 사용하였다는 인류 최초의 종이인 파피루스에는 알 수 없는 상형 문자들이 빼곡했다. 떨어지고 흩어진 조각을 전시하였는데 문자라기보다는 동물 형상이나 식물의 형태를 그린 기호에 가까웠다. 이것을 해독한 사람은 누구였을까. 나뭇가지나 돌, 식물의 그림을 보고 우물에서 두레박으로 물을 퍼 올리듯 상념을 건져 올려 현대의 문자로 해독한 미지의 사람이 고마웠다. 그림을 그린 원주인의 심상을 찾아내려고 상상, 추측하면서 해독에 골몰하느라 맹인이 길을 가듯, 깊은 밤 산길을 헤매듯 답답하였을 심정이 이해가 됐다.

문자를 사용하기 전이었으니 동물이나 식물, 인물 형상으로 기록한 것은 후세인들을 위한 것이기보다 어떻게든지 의사를 전달하려는 당시 사람들의 소통 방식이었을 것이다. 인간은 생각하는 동물이기에 문자로 표현하기 이전에도 절벽이나 동굴에 그림이나 기호 따위로 흔적을 남겼다. 후세 사람들은 그들이 남긴 기록을 보고 당시의 생활상이나 문화를 유추하고 연구한다.

시어머니가 돌아가시자, 염을 한 다음 관 안에 나무로 만든 묵주를 넣어 드렸다. 묵주 기도를 로사리오 기도라 하고 이는 장미꽃다발이라는 뜻이니 묵주 기도를 드릴 때마다 장미꽃 송이를 성모님께 드린다는 의미다. 당신 말년에 묵주 알 돌리며 드린 기도가 자는 듯이 감쪽같이 저세상으로 가는 것이 소원이었는데 바라던 대로 그렇게 가셨다. 천국문이 활짝 열린다는 사순 시기에 봄볕 따사로운 봄날 나들이 가듯 총총히 떠나셨다. 세상의 기준으로 본다면 부장품이라기엔 별스러운 것 아니지만 당신에게는 그보다 더 소중한 것은 다시없을 테니, 가시는 걸음걸음 꽃길이기를 기원하면서 저승길에서도 기도하시라고 수의 입은 손에 두어 번 감아 드렸다.

그 옛날 사자의 서에서 요구하던 덕목이나 현대 종교에서 죽을 때 지녀야 하는 덕행이 같다는 것이 새삼스럽다. 현세에서 덕을 쌓아야 극락으로 간다는 불교 경전이나 생전에 얼마나 남에게 선을 베풀었느냐로 요약되는 기독교 정신이 말하는 사랑의 의미도 같을 것이다.

이승이나 저승이나 죽은 후의 일들은 이미 내 소관은 아닐 터다. 그렇더라도 지난 세월을 톺아보면 한바탕 꿈을 꾼 듯, 긴 여행을 마치고 난 듯 후련하고 아득하면서 생전에 기워 갚을 일만 해일처럼 밀려온다. 결국 삶은 감사로 치환해야 하는데 무엇을 지니고 저승길에 나서겠는가. 자박자박 박물관 층계를 내려오노라니 화단 가에 서둘러 피어난 진달래가 물색없이 고왔다.

나와 꿈의 변증법
─ 가스통 바슐라르『꿈꿀 권리』

천변 가장자리에는 노란 수련이 다보록하게 떠 있다. 작고 깔밋한 꽃송이가 은하처럼 촘촘하고 물결 따라 흔들리는 모습이 걸음마 배운 아기처럼 대견하다. 종일 물에 발 담그고 있으니 아무리 더워도 땀 닦을 일 없겠네. 수련이 말귀 알아들었는지 웃음소리 자지러진다. 화들짝 놀란 청둥오리 동작을 멈추는데 먼 길 달려온 바람이 저만 따돌린 줄 알고 더운 바람 한 소쿠리 쏟아 놓고 달아나는 여름날, 물속 나무 그림자는 묵언수행 중이다.

수련睡蓮은 잠자는 연이라는 뜻으로 물 수水가 아니고 잠 잘 수睡를 쓴다. 짙푸르러지는 연못에 화사하게 피었다가 우리가 눈 감고 잠자듯 해가 지면 꽃잎을 꼭 오므리고 잠을 잔다. 발아래 흙탕물이 진을 쳐도 낯빛은 청순하고 씨앗은 물속에서 맺었다가 발아한다. 또렷한 생김새와 분명한 빛깔로 여름 연못을 수놓는 수련은, 필요 없는 것을 깔끔하게 정리하고 소유물을 최소화한 사람의 성정 같다. 수련의 자태처럼 주변은 물론 삶도 바르게 이룩할 것이다.

프랑스의 철학자 가스통 바슐라르(Gaston Bachelard 1884~1962)는 『꿈꿀 권리』에서 인상주의 화가 클로드 모네의 수련 풍경을 보고 다양한 사유를 도출했다. 햇빛에 따라 색채가 변하는 대상을 포착하여 그린 수법에 환호했다. 꽃 한 송이가 피어나는데도 냇물 전체가 술렁인다며 한평생 캔버스에 수련을 피워 낸 화가를 관심과 애정으로 기꺼워했다.

아침의 물속에서는 모든 것이 새롭다. 생생한 빛의 만화경에 응답하기 위해서 카멜레온 같은 강은 얼마나 많은 생명력을 지니는가. 출렁거리는 물의 생명으로 꽃은 새로워진다. …… 모네의 그림 앞에서 몽상하는 철학자는 붓꽃과 수련의 변증법, 똑바로 뻗은 잎사귀와 조심스럽게 물에 떠 있는 잎사귀의 변증법을 전개할 수 있다.

빛과 물의 화가 모네는 연못을 꾸미고 정원사를 불러 물의 수급과 꽃 상태를 관리했다. 연못 한쪽에는 비슷한 색깔의 수련을, 다른 쪽에는 보색 계열의 수련을 심고 완상하면서 그림을 그렸다. 흐르는 물의 변화와 수련 자태를 응시하면서 새벽과 아침, 점심과 저녁의 시차에 따라 달라지는 꽃색깔을 주시하고 감지했다. 구도는 같아도 아침나절 청록빛 풍경과 저녁의 노을빛으로 전혀 다른 풍경화를 연출했다. 변화무쌍한 연못을 활달한 터치로 묘사하면서 연못 연작을 그렸다. 가랑비 내리는 청신한 연못이 시침 떼 듯 고요하고, 흰색과 진보라색의 조화는 은근하면서 역동적이다.

　모네가 살았던 프랑스 센강 하류에 있는 지베르니 연못도, 수련 그림도 보고 싶다고 생각했더니 누가 도와준 것처럼 과천현대 미술관에서 '이건희 컬렉션 특별전'이 열렸다. 그곳에서 아침 안개에 노란 수련이 별처럼 떠 있는 〈수련이 있는 연못〉을 보았다. 몽환적인 안개가 걷히면 여름 연못이 생동감으로 출렁일 것이다. 화집만 보다가 원화를 보면 가슴 밑바닥에서 흐르던 원초적 싱그러움이 물고기처럼 튀어오른다. 시각에서 정신으로 전이된 색채가 활기차게 움직이면서 사물을 보는 감각을 확장하고 인식의 틀을 격상시킨다. 이런 생동감이 원화를 감상하는 이유이며 감동이다.

　나무 그늘에 앉아 수련이 떠 있는 풍경을 바라본다. 그러다가 수고하지 않고 즐기는 자연이 미안해서 차경借景이라는 말을 만들어 낸 조선 선비들의 넉넉한 자세를 생각한다. 눈맛 시원한 산야를 바라보며, 군신의 도리와 부모에 대한 효도, 친구 간의 신의와 호연지기를 길렀을 터이므로 자연은 경외의 대상이었을 것이다. 빌린다는 말이 사람에게만 쓰는 한정 어휘가 아니라는 듯 자연으로까지 확대한 옛 분들의 사유 세계가 놀라워 심호흡한다.

　연못이 수련만 키우지 않고 수초와 물속 생물을 깔축없이 키웠듯 그것을 바라보는 마음도 풍경만 생각하지는 않았을 것이다. 바슐라르가 모네의 연못 그림을 보고 붓꽃과 수련, 수초의 변증법을 생각하였듯이 이곳을 바라보는 나도 싱그러운 시상詩想이나 기발한 사상을 떠올려야 보람이겠으나 흐르는 물에 맡겨 두기로 한다. 수련을 바라보며 바슐라르를 떠올리고, 의식이 깨어 있으면 세상천지 이르지 못할 정신세계도 없다고 생각한 것은 소득일 테니 이를 자발성의 명상이라 하자.

　무엇이 잠자는 무지몽매를 흔들어 깨워서 사고를 전환 시킬 것인가. 아침이슬처럼 순식간에 스러지는 것이 인생이라고 일러 주는 손길이 있었으나 동분서주가 눈과 귀를 가려 푸른 날들이 손가락 사이로 빠져나가 모래알처럼 흩어졌다. 그렇더라도 쓰지 않은 지폐처럼 빳빳한 내일이 있으니 남아 있는 날들의 질감은 금싸라기 같을 것이다.

'꿈꿀 권리'라 했다. 권리라는 말도 눈부시고 황송한데 꿈에 화관까지 둘렀으니 백일몽이라도 꾸어볼 일이다. 이 말은 오늘의 시혜일 터이므로 나와 꿈의 변증법이라면 말이 될까. 갑자기 누가 부르는 듯 바빠지는 마음 누르며 변증법에 골몰한다.

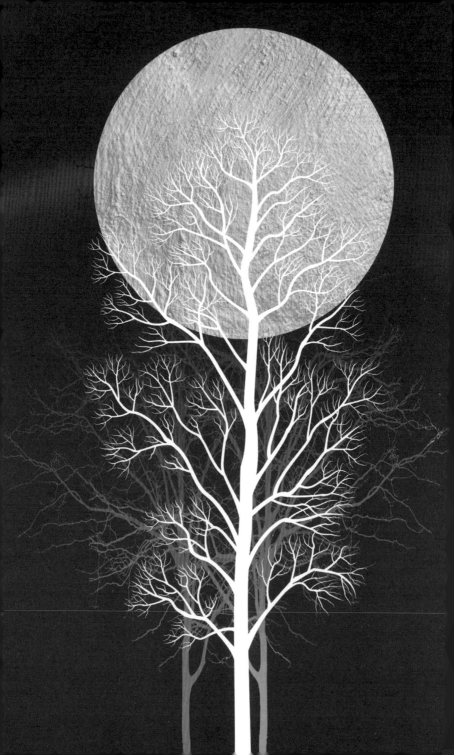

4부

라오콘 군상
— 고트홀트 에프라임 레싱 『라오콘』

    인간은 어떤 방식으로든지 아름다움을 표현하고 진실을 고백한다. 글로 쓰지 못할 이야기가 없듯 그림으로 그리거나 형태로 만들지 못할 대상도 없다. 자연물이나 상상의 산물이나 시·공간에서는 모두 조형의 대상이기 때문이다. 이것이 인간 삶의 방식이며 유희라고 할 수 있으니 피조물은 저마다의 표정과 몸짓으로 공존한다. 개인의 미적 욕구에서 비롯한 표현의 흔적은 문화를 이루면서 문명이 발달하였으니 인간사 사유의 총체라 할 수 있다.

    『라오콘』 첫 페이지를 펼치자 라오콘과 두 아들이 팔뚝만한, 두 마리 바다뱀에 칭칭 감긴 채 괴로워하는 〈라오콘 군상〉 조각 사진이 나왔다. 트로이 왕자이며 아폴론 신관인 라오콘이 트로이 전쟁에서 그리스군이 남긴 목마가 간계였음을 알아내어 신의 노여움을 사서 뱀의 공격을 받는 모습이다. 일그러진 표정과 온몸에 불끈 솟은 근육의 생동감은 점토로 만든다 해도 이렇게 섬세한 조형은 어려울 듯싶다.

　이 책은 고트홀트 에프라임 레싱(Gotthold Ephraim Lessing 1729~1781)의 예술 이론서이며 문학 비평서이다. 독일의 문학평론가인 그는 라오콘 조각 군상을 보고 『라오콘』을 저술했다. '미술과 문학의 경계에 관하여' 부제가 붙은 이 책은 문헌에서 찾은 이론을 근거로 제시하며 문학(시)과 미술(조각), 두 예술의 경계와 차이점을 근본적으로 규명했다. 이 책이 나오기 이전에는 고대 미술사에 권위 있는 빙켈만이 라오콘 군상 조각품의 우수성을 「회화와 조각에서 그리스 작품의 모방에 관한 생각」에 언급하며 예술에서는 어느 분야보다 조각 작품이 우월하다는 점을 강조했다. 레싱은 빙켈만의 주장에 의구심이 들어 관련 서적을 탐구하면서 반박했으니 이 책을 쓰게 된 동기였다. 견해를 주장하려면 그 분야의 학문과 식견이 합당해야 한다. 나는 두 예술 분야의 논거에 관심이 가서 이 책이 흥미로웠다.

　레싱은 미술이나 조각 작품이 사물의 서사를 한순간만 표현한 것이므로 전체의 내용은 별도로 설명하지 않으면 알수 없다고 했다. 문학은 글을 읽으면서 작품을 이해할 수있지만, 라오콘이 뱀에 감겨 온몸의 근육에 불거지도록 괴로워하기까지의 과정을 조각 작품의 일별만으로 알 수 없다는 것이다. 그리스 연합군과 벌인 십 년 동안의 트로이전쟁을 문학은 상세히 서술하고 느낌과 감정까지 풍성하게표현할 수 있다. 그러므로 미술보다 문학이 상위라는 것이다.

이런 주장을 공고히 하려고 베르길리우스의 「아이네이스」에 나오는 「라오콘」 시를 인용했다. "…… 뱀들은 곧장라오콘을 공격한다/ 먼저 가냘픈 그의 두 아들을 하나씩 칭칭 감고/ 이빨로 불행한 자들의 몸을 갈기갈기 물어뜯는다/ 아들을 돕기 위해 창을 들고 허겁지겁 달려오는/ 라오콘을 붙잡아서 거대한 똬리를 틀어 칭칭 감는다……." 시앞부분의 트로이 전쟁 서막도 실감 나고 바다뱀의 공격을일부분만 서술해도 자연히 눈을 감게 된다. 그 외 이아코부스 사돌레투스의 「라오콘 입상」 등 여러 시인의 시와 글을인용했다.

"…… 미술가가 어떤 현상을 상징으로 장식하면 단순한형상을 드높은 존재로 격상시키는 것이다. 그러나 시인이이런 미술 장식을 사용하면 드높은 존재를 인형으로 만드는 것이다. …… 삶이 회화보다 높은 위치에 있는 것 같이 시인은 화가를 훨씬 능가한다."는 것이 레싱의 주장이었다.

현재 바티칸 미술관에 있는 라오콘 군상은 기원전 1세기에 활동했던 그리스 로도스 섬 출신의 아게산드로스, 폴뤼도로스, 아테노도로스 셋이서 공동으로 제작했다. 이는 1506년 로마의 어느 포도밭에서 우연히 발견되자, 사람들은 괴로워하는 인간 몸(근육)의 움직임과 파격적인 조형미에 환호했다. 이후 조각에 관한 다양한 관점이 생겨났으니 라오콘은 미술 이론의 중심에 섰다. 그렇다면 신화 속 인물 라오콘과 두 아들을 조형물로 세워서 그리스 조각가 세 사람이 말하고자 한 바는 무엇이었을까. 인간이 혐오하는 뱀이 어린 자식에게 위해를 가하는 순간에 취한 아비의 극적이고 놀라운 행동일까. 단말마를 지르며 최후를 맞는 인간의 고통을 포착한 것일까. 모두 맞는 말이지만 예술 작품으로서는 역동적인 근육의 움직임에 주목했다.

빙켈만의 견해를 반박하기 위해서 레싱은 다른 이들의 이론과 학설을 다양하게 인용하며 주장을 펼쳤다. 그러나 주의와 사상에 목소리 높여도 서로 화해하면 관계가 좋아지듯 미술과 문학도 그렇다고 유연한 태도를 보였다. 판단은 독자가 하라는 뜻이었는지 모른다. 상상력이 풍부한 사람들은 조각 작품을 보면서 다양한 관점을 도출하고 이면의 문제까지 유추했다. 견해를 개진하는 일도 넓은 사유 안에서 자유롭게 풀어야 건강한 토론이 이루어질 것이다. 레싱의 작품이 그 시대 이론 문화의 범위를 넓히는 계기가 되었다면 학문적으로도 소득이다.

나는 빙켈만의 주장대로 예술 분야에서 조각품이 상위라는 생각도, 레싱이 반박한 것처럼 문학이 우위라는 견해에도 찬성하지 않는다. 문학이나 조각 작품은 순위를 매길 수 있는 서열의 개념이 아니라 창의력의 소산이므로 그대로 가치 있다. 예술은 인간이 이상을 꿈꾸도록 도와주고 사고의 지평을 확장하고 진실을 규명하고 역사를 증언하기에 고귀한 것이다.

품격 있는 예술가들은 고군분투하며 하루하루를 살아가는 평범한 사람에게 위로와 감동을 주기에 고마운 것이다. 인간의 한계성을 절감하며 삶을 성찰하고 타인에게도 그런 기회를 주기에 창조주에 버금가는 존재들은 아닐까. 영감에 사로잡혀서 '잡은 꿩 놓아주고 나는 꿩 잡으려 한다'지만 그들은 적어도 숙고하는 삶을 지향한다.

화가의 언어
— 마르크 샤갈 『샤갈, 꿈꾸는 마을의 화가』

샤갈의 그림은 밝고 유쾌하다. 화사한 색채와 아기자기한 형체가 오랜 친구처럼 친근하게 다가온다. 물고기와 말, 연인이나 부부가 손을 잡고 하늘을 떠다니는 장면은 아름답고 몽환적이다. 에펠탑에 그린 사람 얼굴과 붉은 수탉의 모습은 우화적이고 기하학적으로 묘사한 고향 마을은 정겹고 싱그럽다. 초록색 지붕과 파란 집, 비대칭의 빨갛고 파란 얼굴, 밝고 활기찬 거리 모습도 화려하면서 경쾌하다.

마르크 샤갈(Marc Chagall 1887~1985)의 그림 〈붉은 꽃다발과 연인들〉을 보았다. 전시장의 여러 화가 중에서 샤갈의 그림은 이것이 유일했다. 30호 그림에는 흰 꽃병에 청록색 잎사귀와 빨간 꽃 아홉 송이가 불 켠 듯 환했다. 흰 드레스를 입은 신부와 청색 차림의 신랑은 왼쪽 귀퉁이에서 조촐하고 오른쪽 아래 술병과 잔, 과일 접시도 자세히 보아야 찾을 수 있는 숨은 그림 같았다. 청록과 빨강의 보색 대비와 쿡쿡 찍은 듯 거친 붓질이 시선을 잡았다.

팔짱을 끼고 그림을 응시하던 여자 관람객은 내가 전시장을 돌고 다시 왔을 때까지 그대로였다. 묵직한 청록색에 침잠했는지, 크고 작게 변화를 준 꽃송이의 투박한 질감에 심취했는지, 보일 듯 말 듯 희미한 하얀 꽃송이를 살피는지, 흰색도 푸른색도 아닌 바탕색에 마음을 빼앗겼는지……, 전혀 알 수 없었다. 점인가 하면 선 같고, 선의 연속인가 하면 면 같은 색채의 질감은 모호했다. 시각에 따라 다양한 사유가 일어나겠으나 산만한 듯 정연한 청록색과 도발적인 빨간색이 청초했다.

언젠가, 꿈에 청록색 수박을 안았다. 수박을 가르자 선홍빛 속살이 눈부시고 그 안에서 수박이 또 나왔다. 칼을 대자 선홍빛이 쏘는 듯 환한데 또 수박이 뒹굴었다. 도깨비방망이를 두드린 듯 수박이 자꾸 나오며 선홍색은 비눗방울처럼 사방으로 둥실둥실 떠다녔다. 꿈을 깨니 좋은 일이 일어날 것처럼 기분 좋았다. 심리학자 프로이트는 잠재된 무의식의 표출이 꿈이라 했는데 내게 웅크렸던 간절한 바람이 줄줄이 쏟아진 것일까. 꿈이 뜻밖의 일이듯 기억도 난데없긴 마찬가지다. 수박의 풍미가 입안을 향그럽게 하듯 둥둥 떠다니던 선홍빛이 기분 좋게 한다.

어느 색이든 원색은 독자적이다. 신호등에 빨간색 불이 들어오면 쏘는 듯 아름답고 우선 멈추라는 기호로써 역할을 다한다. 초록빛도 그렇다. 그러나 보색 관계인 두 색을 누가 어떻게 조합하느냐에 따라 기대 이상의 아름다움을 창출한다. 꽃다발 그림처럼 당당하고 개별적인 색채를 조합하여 보편성을 지닌 그림으로 완성하는 것은 오랜 수련과 안목에서 나온 작가의 기능과 창의력의 소산일 터다. 조밀한 형태와 구조에 색을 칠하고 지우기를 반복하며 작품을 완성하는 작가의 노고에 환호하는 까닭이다.

집에 오자, 『샤갈, 꿈꾸는 마을의 화가』 자서전을 다시 읽었다. "······ 그림 그리는 일 말고는 좋은 게 하나도 없다. 아버지처럼 무거운 통을 들 수 없기에 점원이 될 수 없다. 나는 화가가 될 수밖에 없다는 사실에 만족했다." "파리에서 전시회장을 누비고 박물관을 돌아다니면서 발견한 것들을 어느 학교에서도 가르쳐 주지 못할 것이다." "예술을 찾으려고 라피트 거리를 배회하며 뒤랑 뤼엘 화랑에서 르누아르, 피사르, 모네의 그림을 수백 번 바라보았다."
"…… 내게 미술은 영혼의 어떤 상태인 것 같다. 땅 위의
모든 인간의 영혼은 성스럽다. 오직 자신의 논리와 이성을
가진 정직한 사람들만이 자유롭다." 솔직 담백한 샤갈의
고백은 진솔하고 순수하며 글과 그림과 사람이 같았다.

　샤갈은 가난한 집안 형편과 부모님이 그림 공부를 반대
하여 점원이 될까, 생각했으나 빈약한 체력으로 포기했다.
공립학교에서 데생 기초를 마치고 미술 공부를 하려고 상
급 학교에 진학하였어도 정작 그가 배운 곳은 루브르 박물
관이었다. 렘브란트에 심취하고 쿠르베에 충격을 받았어도
자신만의 그림을 그리기로 다짐했다. 상상의 세계는 광활
했으나 이미지를 중시하며 형태를 과감히 생략했다.

　예술가는 성장 과정이 작품의 모티브가 된다. 어릴 적 추
억과 종교적인 분위기는 영성의 밑거름이 되었으니 그림은
따뜻하고 평화로웠다. 십자가에 매달린 예수의 모습이나
성서 속 인물의 이미지는 동화책 삽화처럼 아기자기했다.
당장 끼니를 걱정하면서도 고향 마을의 풍경, 거리 악사와
서커스단 마술사 등 표현하고 싶은 대상은 넘쳐났다. 제1
차 세계대전과 러시아 혁명의 소용돌이에서도 성서를 읽고
영감을 얻어 그림을 그렸다.

빨강, 노랑, 파랑 원색의 풍요로움은 유년의 감성을 소환하고 주황과 진보라, 연록과 자주의 중간색은 세월에 따른 회한의 정서를 동반한다. 선하고 창의적인 샤갈은 단순 소박한 형체와 대담한 색채로 그림에 전력투구했다. 그가 '색채의 마술사'라는 찬사와 함께 지금까지 사람들로부터 사랑받는 것은 인간에 대한 이해와 무궁무진한 상상의 세계, 삶에 대한 감사와 자유로운 영혼 덕분이다.

시인이 서사와 심상을 함축과 은유로 표현하여 독자의 가슴을 울리듯, 화가는 과감한 색채와 개성적인 묘선으로 떨림과 환희를 준다. 샤갈이 표현하는 파격적인 인물 묘사와 화려한 색채, 사물의 형태는 다양한 사유를 도출하는 화가의 언어이다.

조용한 환대

미국의 조 바이든(Joe Biden) 대통령이 백악관 앞 잔디밭에서 허리 굽혀 민들레 꽃씨를 만지고 있다. 점점이 비눗방울처럼 하얗게 퍼져 있는 민들레 씨앗이 신기한 듯 들여다보는 사진은 오월의 신록만큼 청신하다. 옆에서 걷던 부인의 옷차림은 흰색 바탕에 레몬과 나뭇잎 문양을 디자인한 반소매 원피스이고, 깔 맞춤한 듯 같은 무늬 마스크와 진 노란색 구두도 싱그럽다. 백악관 앞 잔디밭에 촘촘히 박혀 있는 노란 민들레, 꽃대 끝에 매달린 홀씨는 여든의 미국 대통령을 불러 세웠다. 우리를 부르는 것은 소리만이 아니다.

몇 년 전 미국 워싱턴 D. C.에 갔을 때였다. 멀리 백악관이 보이는데 주차장에서 백악관 앞에 있던 스미스소니언 자연사박물관(Smithsonian National Museum of Natural History)을 찾아가는 길은 끝이 보이지 않았다. 광활하게 펼쳐진 잔디밭에는 노란 민들레가 김환기의 점화처럼, 일부러 박아 놓은 붙박이별처럼 또렷했다. 우리나라 논두렁 밭두렁에 지천인 민들레가 그곳에서는 군락지인 듯 장관이었다. 박물관을 돌아보고 나오니 오월의 햇살은 눈이 부신데 오른쪽으로 파르테논 신전을 모델로 해서 지었다는 링컨 기념관이 까마득하고, 왼쪽으로 돔 모양의 하얀 백악관 지붕이 아득했다. 진기한 보석과 해저 식물, 동물들의 박제가 달려들 듯 실감 났던 것 못지않게 백악관 앞 잔디밭의 노란 민들레는 인상적이었다.

어머니로부터 엄청난 재산을 상속받은 영국의 과학자 제임스 스미스슨(James Smithson 1765~1829)은 자신이 소장하고 있던 수집품을 "인류의 지식 발전을 위해 써 달라."며 한 번도 가보지 않았다는 미국에 기증했다. 대신 관람객들에게 입장료를 받지 말 것과 모든 전시물은 진품만 전시할 것을 약속받았다. 평생 학문 연구에 심혈을 기울이면서 그가 수집한 미술품과 유물, 자연물 등은 1억 4천만

점이었다. 자연은 얼마나 무궁무진하며 장대한 보고인가, 눈으로 보고 확인하라는 인류에 대한 메시지요, 시혜였다. 몇 날 며칠을, 적어도 일주일 동안은 돌아보아야 한다는데 한나절 동안 둘러보면서 "나무는 큰 나무 덕을 못 보아도 사람은 큰 사람 덕을 본다."는 옛말이 생각났다. 큰 사람 덕은 동양의 나그네까지 미쳐서 처음 보는 희귀 생물이나 실감 나게 현실감 있는 전시물에 감탄했다.

살아 있는 듯 역동적인 동물을 그대로 재현해 놓은 것은 말할 것도 없고 해저 식물이나 광물성에서 뿜어 나오던 광채는 환상이었다. 육지의 꽃만큼이나 다채로운 해저 생물의 빛깔은 각기 존재에 대한 확실한 발언이며 증명일 터다. 우리가 모를 뿐 그들의 생존 방식으로 드러난 모습이며 아름다운 생의 결과물이다. 색色은 에너지를 느끼게 한다더니, 헤아릴 수 없이 많은 바닷속 생물들이 지녔던 색깔은 다른 생명체를 활기차게 하였으리. 같은 공간 속에서 내뿜는 에너지는 자극을 주어 서로를 빛나게 하였으리. 선명한 색채는 현대의 조명 기술 못지않게 생명력으로 넘쳤다. 예술가들이 자연의 색에서 영감을 얻어 미술품을 창조한다는 것이 설득력 있게 색채는 광범위하고 찬란했다. 인간이 지닌 고유의 특질도 서로에게 영향을 주면서 자신은 물론 이

웃과 동반하여 성장하게 된다면 이와 맥락이 다르지 않을 것이다.

무엇이나 규모가 방대하면 감각이 긴장하고 의식이 압도되기 마련이다. 그 유명한 미술관, 항공 · 우주박물관은 돌아보지도 못하고 기껏 자연사박물관 한 귀퉁이만 보고 나왔지만, 넓이와 크기, 양이 도대체 가늠도 할 수 없이 아득했다. 철 따라 색다른 감동을 안겨 주는 자연이 그렇듯 자연사박물관은 선사 시대부터 현대에 이르기까지 천연 자원의 웅장함을, 동물과 식물의 생생한 표본을, 신비로운 자연의 감흥을 그대로 전하고 있었다.

많든 적든, 크든 작든 재화는 타인을 위해 사용될 때 값어치 있게 빛을 발한다. 누구나 탄생이 한 번이듯 죽음 또한 그러니 인간에게 주어진 것 가운데 가장 공평한 것이다. 모든 사람이 제임스 스미슨처럼 살 수 없더라도 인생의 마무리를 어떻게 할 것인가, 이는 평범한 사람들에게도 화두다.

꽃이 빛깔과 향기로 벌 나비를 부르듯, 양치기가 피리 소리로 양 떼를 모아들이듯 정신이 풍요로운 사람은 인간애로 우리를 부른다. 웅숭깊은 자연의 정경과 숭고미를 간직한 유물, 진선미를 지향한 예술과 더할 수 없는 자연사를 파노라마처럼 펼치고 짐짓 아무렇지 않은 듯 우리를 기다린다.

　얼굴이 희거나 검거나 지위가 높거나 낮거나 성향이 재바르거나 어설프거나 이곳에 초대받은 사람들은 저마다의 신분으로, 세계주의 일원으로 참석하여 조용한 환대에 어리둥절할 것이다. 유물들이 전하는 따뜻한 정취와 구성진 옛이야기에 귀 기울이면서 위아래 층을 내 집 마당처럼 노닐다가 마감 시간이 임박했다는 안내 방송에 화들짝 놀라 가방을 바르게 멜 것이다. 그리고는 거칠 것 없는 어린이처럼 의기양양한 표정과 우아한 발걸음으로 박물관을 나설 것이다. 여전히 민들레는 책무인 듯 우리를 환대할 것이다.

맛의 보수성

"…… 참 들기름에 무쳐 놓은 제철 나물 있거든 좀 가져오게."

대전문학관에서 보내준 영상을 보는데 김우식 시인이 낭송하는 「친구야, 바쁘냐?」라는 시 마지막 구절이 탁, 머리를 스쳤다. 시인은 친구를 부르며 오늘 밤 남간정사 벚꽃 구경을 가자고 한다. 나무 아래서 막걸리 술잔 기울이다가, 자작나무 숲 아래로 자리를 옮겨 나무들 위로 지친 별 떠오르면 새벽까지 술 마시며 세상 살아가는 이야기를 나누자고 한다. 들기름에 무쳐 놓은 봄나물의 풍미를 아는 시인의 소박한 정서가 반가웠다.

친구를 부르는 소리 하도 정겨워 들기름에 무친 냉이나 머위나물 한 보시기 들고 벚꽃 나무 아래 찾아가고 싶다. 생면부지 젊은 시인의 대화에 끼어들고 싶어도 "많이 드시게." 한마디하고 초저녁 초승달처럼 웃을 것이다. 앉으시라 권하면 기다리는 사람 있어 미안하다며 돌아서야지. 그러면 끊겼던 대화 이어지고 들기름에 무쳐 놓은 봄나물의 향취가 불 켠 듯 환한 남간정사 벚꽃 나무 아래를 풍성하게 할 것이다.

여자라서 좋은 것 가운데 하나는 먹고 싶은 음식 마음대로 만들어 먹을 수 있고 내키는 대로 음식 만들어 손님 대접할 수 있다는 것이다. 그럼 대단한 요리사인 줄 알겠으나 입맛에 맞게 풋나물 무치고 국을 끓인 다음 생선을 굽고 별식 만들어 상차림을 할 수 있는 것이다. 제철 나물이나 푸성귀를 끓는 물에 데쳐서 소금, 조선간장, 고추장으로 간하여 양념으로 무치는 봄나물에는 언제나 들기름을 넣을 것이다. 화사한 벚꽃 나무 아래 초저녁은 떠나온 고향을 소환하고 미각으로 환치되는 어린 시절은 어머니에 대한 그리움을 보자기처럼 펼쳐 놓았다.

밖에서 돌아온 엄마가 서둘러 차린 밥상 위에는 풋나물의 향취가 고소했다. 방 안을 선회하던 들기름 냄새는 최면술을 쓴 듯 데설궂은 동생들을 두레상에 불러 앉혔다. 나물의 섬세한 맛을 느끼기 전에 후각에서 전이된 공감각으로 정신이 풍요로웠다. 흙냄새 어우러진 봄나물의 풋풋한 맛은 해토머리 땅의 정기도 한몫하고 코를 간지럽히다가 혀끝에 닿던 미각은 겨우내 무디어진 입맛을 일깨웠다.

"내가 무치면 왜 이 맛이 안 나지?"

우리 딸이 밥상머리에서 무심코 던진 말도 어릴 적부터 익숙한 엄마의 손맛이 유년의 정서를 관통하면서 터진 탄성일 것이다. 입맛에 대한 또렷한 기억은 그 시절로 회귀하고 싶은 의식의 발로에서 기인했을 것이다. 이런 호의적 반응을 맛의 보수성이라고 한다면 말이 될까.

문자의 보수성이라는 말이 있다. 날마다 발화하는 언어는 끊임없이 생성하고 소멸하지만, 문자는 쉽사리 변하지 않는다. 세월이 흐르면서 조금씩 달라지긴 해도 자신의 음가를 그대로 유지하려는 고집스러운 성질 때문에 후손들은 몇 세기 전의 저서를 해독할 수 있다는 것이다. 이러한 문자의 보수성 덕분에 연구자들은 예전의 언어를 발굴하고 언어의 변천 과정을 유추, 추정하여 국어사를 연구할 수 있다는 것이다.

그러나 현대에는 신조어들이 날마다 쏟아진다. 통신 기기의 발달로 경제적, 표현적 동기나 유대 강화, 오락적 동기라는 명분으로 통신 언어가 범람하지만, 우리 세대가 이해하고 받아들이기에 벅찰 지경이다.

음식에서도 변화의 속도가 빨라 새롭고 다양한 요리가 쏟아지고 있다. 각종 소스는 이름도, 용도도 구별하기 어려워 어떤 음식에 얹어 버무려 먹어야 하는지 혼란스럽다. 그러나 음식이 맛있다고 소문난 집을 찾아 화려하고 감미로운 요리에 호사를 누리고, 수고하지 않아도 마음껏 먹을 수 있는 음식에 환호하다가 돌연 헛헛해지는 심사는 무엇일까. 결국 된장찌개와 푸성귀를 찾아 집밥에 안도하는 것도 어려서부터 익숙한 입맛에 대한 향수와 정신의 이완에서 오는 편안함일 것이다.

원로 문인과 함께 식사할 기회가 있었다. 연세 지긋한 어른께서 냉면을 드시겠다며 평양냉면집으로 가자고 했다. 여름도 한참 지난 늦가을이었다. 황해도가 고향인 그분은 뜻밖에도 실향민으로 살아오면서 일찍부터 고향 음식 만나기가 어려워 낯선 세상에서 살아왔다고 해서 애틋했다. 휴전이 시작된 지 70년이 되었으니 분단국의 서러움을, 망향의 정서를 당사자 아니면 어찌 알겠는가. 더구나 젊은이들과 언어 차이에서 느끼는 단절감은 고향을 잃은 외로움과

맛에 대한 향수를 더한다는 것이다.

　글을 쓰면서 그동안 안 쓴 단어를 써보고 싶거나 새로운 문장을 만들고 싶을 때가 있다. 그 말이 아니면 대체가 안 되는 유일의 단어, 신선한 어휘를 찾아 골몰한다. 숨은그림 찾기나 퍼즐 게임처럼 마지막 부분을 못 찾으면 답답하고 심란하다. 마지막 조각을 찾았나 싶어 환호하였으나 어긋 났을 때는 실망한다. 생동감으로 빛을 발하는 문장의 묘리 를 기대했으나 허방다리를 짚었다. 글 쓰는 일은 여전히 고 도의 창의력을 요구한다. 이대로 주저앉을 것인가, 더 오를 것인가, 첨예하게 고민한다. 문자의 보수성이라는 말에 기 대어 맛의 보수성을 생각했다. 그것은 덧없이 가버린 세월 에 대한 그리움이다.

봄날의 연대

건너편 아파트 마당에 하얀 목련이 방금 터져 나온 웃음소리처럼 화사했다. 순간, 회색빛 콘크리트를 배경으로 퍼지던 웃음소리가 삼가 조심하듯 가만가만 요람처럼 흔들렸다. 잔물결로 출렁거리는 꽃나무의 율동은 소담스럽게 피어나는 거대한 꽃물결이었다. 길을 걷다가 멈춰 서서 눈부시게 올려다보던 때와는 확연히 달랐다. 오층 베란다에서 조망하듯 내려다보는 정경은 꿈속에서 본 풍경처럼 생경했으나 명징했다. 리듬감 있게 움직이는 꽃나무의 파랑은 한밤의 자명종처럼 망망대해 홀로 서 있는 등댓불처럼 호젓했다.

나고 자란 곳이 의지와 상관없다고 하더라도 뿌리내리고 자리 잡은 이상 누구도 범접 못 할 터전임에는 분명하다. 미세한 움직임으로 자신을 알리는 나무의 생존 방식이 어수선한 심사를 가라앉힌다. 머지않아 결연한 마음으로 제 육신 뭉텅뭉텅 던져버리면 그 자리에 연둣빛 새잎 돋아나고 알아서 자리 내주는 현인처럼 속절없이 봄날이 저물 것이다. 천연스러운 봄 햇살은 감미로운데 까닭 없는 서러움 밀물처럼 밀려오더라도 오늘은 파안대소하다가 태연한 척 시침 떼는 목련의 행적을 주시해야겠다.

모든 생명체는 제 몸에 가락을 지녔다고 했다. 붓끝 같은 새순이 수피를 밀고 나와 신세계를 알리는 봄의 전령이 생명의 가락일 터다. 음악가의 머릿속에서 제 흥에 겨운 음표가 춤을 추다가 음률로 이어지는 것과 같이 불쑥불쑥 새순처럼 솟아나는 예술가의 창작 열기도 같은 맥락일 것이다. 피아니스트가 피아노를 치면서 머리나 몸을 흔드는 것도 무의식중에 흘러나오는 내면의 가락일 테고 음악이라고는 전혀 모르는 세 살짜리 아이가 노랫소리 흘러나오면 까닥까닥 고갯짓하며 손뼉 치는 것도 그와 같을 것이다.

2020년, 올해 초등학교에 입학하는 우리 집 손녀는 사월이 다 가도록 입학식은 고사하고, 입학 선물로 받은 가방도, 옷도, 아이도 밖에 나가지 못하고 집안에서 뱅뱅 돌고 있다. 코로나19 전염병으로 아이들의 기대와 리듬을 정지시킨 것이 어른들 잘못 같아 미안하기 짝이 없다. 이 시간이 언제 끝날지 기약 없어 답답한 노릇이지만 살아온 세월에 견주어 보면 인생에서 한점 쉼표에 불과한 일인지 모른다. 아무리 답답하고 지루하다 해도 원인 모르게 바이러스에 감염되어 음압 병실에 혼자 누워 사투를 벌이는 사람만 하겠는가. 미증유의 상황이 낯설어 당황하였으나 그동안 지나치게 훼손한 자연환경과 방종하며 살아온 인간에 대한 자연의 경고라 여기면 지난 세월에 대한 반성의 기회라 생각되어 견딜만한 것이다.

중국에서 시작되었으나 미국과 유럽에서 더 많이 창궐한 바이러스는 엄청난 확진 환자와 더불어 의료진과 병상 부족 사태를 가져왔다. 환자들은 치료도 받지 못한 채 세상을 등지고 장례식도 없이 가족과 친지를 이별하는 광경을 목격하면서 세계에 닥친 대재앙을 절감했다. 지구상의 인류는 국제적인 축제 기간에만 지구촌이 아니라 코로나19 앞에서도 공동 운명체라는 사실을 새삼 깨달았다. 그동안 세계 62개 국에 퍼져 있던 유학생이나 교민들이 수십, 수백 명씩 특별기편으로 속속 귀국하는 것을 보며 저렇게 많은 사람이 곳곳에 살고 있었던가, 그동안 부르짖었던 세계화 물결의 대이동을 실감했다.

세계 어느 나라이든 사업이나 학업, 관광으로 오갈 수 있다. 전파력 강한 바이러스는 어느 한 나라 사람만 오가지 못하게 국경을 막아서 해결될 일도, 아무리 조심해도 안심할 수 없는 인류 공동의 문제이며 운명이다. 이웃의 안녕이 바로 나의 안녕이다. 앞으로 코로나19 이전의 삶으로 돌아갈 수 없다는 말은 우리를 슬프게 한다. 한 사람의 바이러스 감염은 가족을, 집단을, 의료진을, 사회를, 인류를 쓰러뜨린다는 사실을 체감하였기에 예방 백신과 치료제가 나오기 전까지 자신의 방역이 최고의 백신이라는 말을 인정하지 않을 수 없다. 방심하면 언제든지 불행이 닥쳐올 수 있으니 매사에 겸손해야 한다는 옛 분들의 말씀은 진리다.

역경 속에서도 봄이 오고 꽃은 피어났다. 참았던 웃음 터트리듯 툭, 툭 터져 나오는, 실바람에도 파랑을 일으키는 목련의 생기는 의기소침해진 우울질에 보내는 위로이다. 평범한 사람들이 무리 지어 질서를 세우고 제도를 만들어 사회를 이루듯 꽃송이 송이가 너울너울 물결치면서 힘차게 일어서라고 화해의 손짓을 한다. 제 몸의 가락과 향기를 웃음소리로 표출하는 생명의 연대가 고마워 인류는 다시 일

어설 것이다. 형편없이 망가지고 끊어진 현을 잇고 조율해서 본래의 소리를 되살린 악기처럼 고난을 이겨 낸 지혜로 인간성의 가락을 되찾을 것이다.

자연에 겸손하며 목숨을 소중히 여기고 남의 불행에 가슴 아파하는 순연한 마음으로의 회항이 인류가 감당해야 할 몫이 아닌가. "생존하는 것 이상의 진실은 없다. 모든 것은 그것을 추구하는 과정이다." 박경리 선생의 말씀이 떠오르는 것은, 함께 밥 먹고 차 마시며 영화 보고 담소 나누던 평범한 일상이 얼마나 큰 행복이었나를 그리워하면서 어기차게 살아 내야 하기 때문이다. 살아가는 일은 어두운 밤 길목을 지키는 외눈박이 가로등처럼, 혼자 흔들리는 목련처럼 얼마쯤 호젓하고 쓸쓸한 일이다.

저녁 하늘 별빛 돋아나듯

나이를 먹는다는 것은 이른 봄 별꽃 돋아나듯 그리움이 많아지는 것이다. 정다운 얼굴 하얀 꽃잎으로 떠오르면 정표인 양 가슴에 수를 놓는다. 해 뜨고 달 기우는 세월 한쪽에 보고 싶은 이름 추수 마당 낟가리처럼 쌓인다. 울타리 감아 오르던 나팔꽃 덩굴손이나 창공을 박차며 날던 파랑새의 날갯짓이 푸른 영상으로 떠오른다. 무던한 사내 같은 고향은 언제나 가슴 다독여 주었고 젊은 날들은 우련한 가로등처럼 골목길 밝혔다. 그리운 사람이 많아진다는 것은 남몰래 흘리는 눈물 같은 회한 때문이다.

고향이 그리운 날은/ 서대전역로 가자// 먼 기적 가슴에 와닿
듯/ 회오 회오 휘파람 불며// 빈터에 붐비는 눈발처럼/ 잊혀진 얼
굴 떠올려 보자// 기다리는 이 없어도/ 찾아오는 이 없어도// 세
상사 눈물은 잊고/ 눈꽃 추억일랑 품고// 간고한 세월의 불빛/ 그
윽한 사투리로 서성이며// 누군가 그리운 날은/ 서대전역으로 가자
                                        ― 강신용 「서대전역」

   빈터에 눈발 붐비는 날이면 회오, 회오 부르지 않아도 다
가오는 사람 있어 주위를 두리번거린다. 반딧불이처럼 생
각이 일면 잊었던 얼굴 불빛으로 다가오고 연둣빛 새싹 같
은 생기를 만날 것 같아 눈을 반짝인다. 간고한 세월의 불
빛 잠시 비켜서서 시린 손 잡아 주던 사람 하늘 아래 있으
면 오늘을 살아야 한다. 쑥스러워 고개 돌릴 것이 아니라
찾아온 인연에 다정하고 무엇을 해야 할지 망설이다가 따
뜻한 손길 놓치지 말아야 하리.
   삼십여 년 전인가. 그해 가을, 우리는 진도항을 출발하여
목포로 향하는 여객선 갑판 위에 있었다. 시원스럽게 펼쳐
진 하늘과 짙푸른 바닷물을 가르며 달리는 정취에 설레어
객실에 앉아 있을 수 없었다. 단호한 성정인 듯 남빛 바다
가 도도하고 특유의 간기 밴 바닷바람은 건장한 청년처럼

풋풋했다. 뱃머리나 배 후미에서 아스라한 풍경과 갈매기의 비상을 숨죽이며 조망했다. 육지 사람들에게 바다는 심원한 별천지였다.

저마다 상념에 잠겼던 일행 예닐곱 명은 누가 먼저랄 것도 없이 갑판 위에 자리를 잡았다. 1박 2일로 전남 진도 문인협회에서 후원한 수필 세미나를 마치고 귀향길에 올랐다. 갈 때는 대전에서 버스를 이용했는데 올 때는 진도항에서 여객선을 탔다. 목포에서 호남선 기차를 타고 서대전역에서 해산하는 일정이었다. 그때 수필집을 내고 수필 문학지에 장편 수필을 연재하던 충남 공주 출신이며 모 대학에서 퇴임한 원교수께 누군가 수필을 어떻게 쓰느냐고 물었던 것 같다. 나를 비롯해 마흔 살 이쪽저쪽 사람들은 문학에 입문한 지 얼마 되지 않았다. 제목을 어떻게 붙여야 할까요? 첫 문장 시작은 어떻게 해요? 마무리는요? 90년대 초, 문학 강좌가 전무하던 시절이었다.

수필에서 제목은 단체 행동의 인도자와 같은 구실을 하니 눈에 잘 띄게 색깔 있는 모자를 쓰듯이 제목도 눈에 잘 띄어야 할 것이다. 글에는 역사, 철학, 과학, 예술 등 모든 바탕 위에는 응결된 인간 전체의 표현이 있다. 역사를 말하지 않고 역사를 표현하고 철학을 말하지 않고 철학이 우러나와야 한다. 수필은 머리와 가슴으로 쓰는 글이 아니면 독자에게 감동을 주기가 어렵다. 눈으로 보고 귀로 들은 것을 두뇌로 기록하고 가슴으로 순화해서 정서적 표현을 해야 한다. 과수원을 경작했던 경험을 토대로 비옥한 토양이 있어야 과수목이 잘 자라고 실한 열매를 맺는다며 양서 읽기를 권했다. 당연하지만 말씀에 힘이 있어 경전 같았다. 서사가 있는 소설 같은 수필이 쓰기도 쉽고 잘 읽힌다 했으니 그의 글이 길어도 유려하고 재미있던 이유일 터였다.

일본 유학 시절, 일제 학도병으로 끌려갔다가 육군형무소에서 고초를 겪고 조국의 해방과 함께 풀려난 이야기에는 가슴 졸였다. 신춘문예에 소설을 응모하였다가 낙방하고 『현대문학』에 투고한 글이 예선을 통과해서 선후평에 언급되었으나 미국 유학으로 소설 쓰기가 중단된 이야기는 안타까웠다. 미국 피바디 사범대학 얘기도 각별했다. 뱃길은 두 시간쯤 걸렸을까, 미진했던 수필 얘기는 기차 안에서도 이어졌다. 차창 밖으로 펼쳐지는 황톳빛 호남 평야가 붉게 빛나는 것을 신기한 듯 바라보며 진지한 강좌(?)에 열중한 나머지 나는 당장 명문이라도 쓸 것처럼 설렜다. 모두 그대로 종착지까지 동행하고 싶었는데 서대전역에서 아쉬운 작별 인사를 나누었다.

이후로 글을 쓰다가 답답하면 찾아뵙곤 하였으나 바깥일을 시작하면서 한동안 글을 쓰지 못했다. 일에서 손 놓자 제일 먼저 생각났다. 조만간 찾아뵙겠다고 전화를 드렸는데 얼마 후 돌아가셨다. 아무리 바빠도 어른께 인사 드리는 것은 미룰 일이 아니라는 걸 그때 깨달았다.

그는 수필에 대한 순정으로 생전에 이름을 단 '원종린수 필문학상'을 만들고 여섯 권의 수필집으로 『원종린 수필문학전집』을 갈무리해 놓았다. 자식들에게 폐를 끼치지 않겠다는 마음이었을 것으로 짐작했다. '어느 멍청이의 인생일기'라는 부제를 보고 다시 한번 놀랐다. 해학과 기지, 솔직하고 겸손한 성품이 고스란했다. 자신의 글을 어떻게 마무리해야 하는지 좋은 본보기가 됐다.

나이를 먹는다는 것은 초저녁 하늘 별빛 돋아나듯 그리움이 많아지는 것이다. 삶이 엉뚱하게 뒤통수치는 때가 있더라도 그것이 인생이라 여기면 별것 아니고 품격 있는 글은 독자를 안도하게 한다. 수필은 작가가 글을 어떻게 썼느냐도 중요하지만 어떤 인품이었느냐는 더욱 소중하다. 삶이 팍팍하다 싶을 때 푸근하고 넉넉한 마음과 만나고 싶어서 그의 책을 찾아 읽는다.

계절의 방명록

가을볕이 환한 산에서는 두런두런 산딸나무 열매의 정담이 한창이다. 오목조목 발그레한 볼우물이 정겹다. 울근불근 솟구치던 푸른 날은 싱그러웠고 새침하게 떠오르던 초승달에 설렜다. 둥지 틀던 방울새가 까마귀 소리에 놀라고 천둥 번개 치며 쏟아지던 비바람에 꽃 사태가 일어났다. 떨리는 가슴 진정시키던 그날인 듯 안색이 해쓱하다. 귓결에 들은 바람이 누군들 꽃 시절 없었겠느냐, 힘든 세월 잘 견디었다고 자줏빛 서늘한 이마를 짚어 주었다. 나뭇잎 붉게 얼굴 붉혔으니 누구에게나 친밀한 관심은 두근거리는 일이다.

나무 발치에 수북이 쌓인 낙엽 속에서 산딸나무 열매를

한 옴큼 주었다. 알맞은 온기로 기다리던 나무 의자에 앉아 찬찬히 들여다보았다. 자주, 검정 씨가 가뭇가뭇 박혀서 딸기처럼 생겼으나 그보다 작아 은행알만 했다. 열매가 산딸기와 비슷해서 붙인 이름이다. 분홍 빨강, 자주 빨강, 주홍 빨강 따위의 열매는 색깔이 맑고 밝았다. 유려하고 명료한 색채에 따로 이름 붙이지 못한 것은 인간의 사고 체계가 자연에 미치지 못하는 한계성 때문일 터다. 두세 가지 색깔을 섞어서 원래의 색보다 밝거나 어두운 중간색의 정체를 밝혀내어 고유색으로 명명하지 못한다면 색채의 스펙트럼은 도대체 얼마나 넓단 말인가. 광활한 색色의 세계가 돌연 아득했다.

긴 줄기에 매달린 동그란 열매가 영락없이 막대 사탕 같은데 몸 전체에는 놀랍게도 축구공 같은 육각형 홈이 파였다. 축구공은 정오각형 12개, 정육각형 20개를 이어붙인 32개의 다면체 구球 모양 구조물로 모든 선의 길이가 일정하다. 공기 저항을 최대한 줄여 빨리 멀리 차거나 잘 구르게 하려는 최적의 조건으로 수학의 도형을 적용해 구성하였다지만 공에 가장 근접했을 뿐 공은 아니다. 그러나 산딸나무 열매는 육각형의 각도와 길이가 넓거나 좁게, 길거나 짧게 20개 남짓의 조직으로 정연했다. 둥근 몸체를 정밀하게 구획 지으며 칸마다 굳건한 약속처럼 까만 씨를 콕콕 박았으니 천형의 문신이라기보다는 천혜의 우아미라 하는 것이 적절한 표현이겠다.

산 중턱에서 밤낮없이 바람에 흔들리며 공기 압박을 최소화하여 살아남으려는 생존 전략이라 할까. 멀리 날아가서 씨를 퍼뜨리려는, 축구공으로 유추되는 자손 번식의 비밀이라 할까. 육각형 무늬를 온몸에 휘장처럼 두른 산딸나무의 애틋한 조화가, 깔밋한 생이 조락의 계절을 증언하고 있다.

쪼글쪼글 말라가는 몸에서는 뾰족뾰족 씨앗이 돌출하였으나 표면적이 줄어들면서 도드라졌을 뿐, 열매는 세월이 더할수록 정신이 꼿꼿한 노인의 성정처럼 의연했다. 혼자만 알기에는 참을 수 없는 비밀처럼 가슴이 벌렁거려서 지나는 사람 아무나 붙들고 이것 좀 보라, 하고 싶었으나 산은 숨소리도 빨아들일 듯 고요했다. 차라리 너와 나, 우리 둘만 알자, 두 손으로 열매를 폭 감싸고 가만있었다.

젤리처럼 말랑말랑한 열매는 다정한 사람의 순정인 양 노란 단맛이 단정하게 고여 있다. 눈 밝고 후각 예민한 산새들은 이곳을 즐겨 찾을 테니, 새싹 같은 부리에는 부드럽고 연한 맛이 맞춤해서 어린 새의 날갯짓이 활기찰 것이다. 더러 땅에 떨어져 거름이 되는 것도 갸륵한 생각이라며 눈망울 굴리면 나뭇가지에 매달려 그네 타던 녀석은 뭔 말인가, 고개를 갸우뚱하다가 산 너머 세상 궁금하여 눈을 가무스름하게 뜰 것이다.

둥글둥글 실팍한 열매들 저마다 상념이 깊어진 것은 넉넉한 계절 덕분이다. 순리에 맡기면 모두가 편안하다는 것을 알기에 빨강 노랑 주황 자줏빛 단풍산이 시위대의 함성처럼, 봉화대의 불길처럼 찬연할 것이다. 떠나야 할 때를 아는 것은 산딸나무 열매뿐만이 아니다.

어떻게 살다가 생을 마무리할 것인가, 목숨 붙어 있는 동안 숙고해야 한다. 어느 곳이든 삶은 엄정하고 길도 그럴 것이니 남루한 사고를 벗어 던지고 겸손을 앞세워 문밖을 나서야 하리. 예기치 않은 일이 발목 잡아 넘어지더라도 꿋꿋하게 일어나서 다시 시작해야 하리. 스스로 싹터서 꽃피는 들꽃같이 정신을 바루어 충실하게 살아감으로써 담대한 역사가 시작될 것이리. 미숙하더라도 나은 삶을 위해 애쓰는 것이 인간의 의무며 삶의 본질이기 때문이다. 자신에게 당당한 것은 어디에도 휘둘리지 않겠다는 자존의 표징이라고 가만가만 시를 외듯 뇌리에 주입한다.

된바람 몰아치는 계절이 오면 가을의 풍요 속에서 몸피 늘린 산짐승도 겨울잠에 들 것이다. 한 계절의 침잠은 다가

오는 계절을 찬란하게 할 것이므로 어느 구간이든 맹목의 시간은 없을 것이다. 모든 일을 다 알 수도, 할 수도 없는데 내가 애쓰지 않아도 꽃이 피고 지면서 세상이 돌아간다는 것은, 얼마나 광휘로운 일인가.

산딸나무 열매가 누구도 해독하지 못할 언어를 어엿하게 새겼듯이 살아가는 일은 내 몸 어느 구석에 박혀 있는지 알 수 없는 가능성을 찾아내는 일이다. 누가 현미경 들이대며 톺아본다면 화들짝 놀라 시오리 달아나겠으나 실현성의 눈금에 촛불 밝히는 일이다. 천지 간 유일의 개체라는 인식에 가슴 펴고 이루고자 하는 일에 몰두하리. 지우고 싶은 사연까지 윤색하며 눈이 내리면 산딸나무 열매의 순정 하나 지지대 삼아 맵찬 세월 견디어야 하리. 얼음장 같은 첫새벽의 적요를 빗질하며 총총히 계절의 방명록을 쓴다.

세월에 악수를

일반적인 것에는 예외가 있고 평범의 반대 개념으로 비범함이 있을 것이다. 타고난 재능이 범상치 않고 성향이 남다른 사람을 보면 내가 모르는 비밀이나 보물 주머니를 숨긴 것 같아서 하늘을 올려다보는 듯 아득한 느낌이 든다.

문학 행사가 끝나고 어느 시인과 동행하며 시가 독특해서 체험의 산물이냐고 물었더니 뜻밖의 말을 했다. 소리를 듣거나 그림을 보면 머릿속에 악상이 그려지면서 이미지가 떠오르고, 걷잡을 수 없이 추상적인 상像들이 난무하여 정신이 혼란스럽다고 한다. 그럼 작곡하여 음악으로 만들면 되겠다니까, 작곡을 체계적으로 공부하지 않았기 때문에

음표를 악보에 정리할 수 없어서 떠오르는 심상을 포착해 시로 옮긴다는 것이다. 그리고 시는 모두 거짓말이라며 호탕하게 웃었다. 겸양이 지나쳐 자기 시를 비하해서 한 말인지, 별 고뇌 없이 쓴 시에 대한 부끄러움인지, 우스갯소리로 한 말인지 의아했으나 딱히 거짓말 같지는 않아서 모두 해당할지도 모른다고 생각했다.

직접 겪은 일 아니면 글을 쓰지 못하는 나는 연상되는 이미지를 그대로 옮겨서 시를 쓴다는 말을 듣고 적이 놀랐다. 언젠가 그의 시를 보고 환호했던 기억이 떠올라 머쓱했지만 의도하지 않아도 심상들이 따뜻한 봄날 죽순처럼 불쑥불쑥 솟아난다는 말은 신기하고 놀라웠다. "좋으시겠습니다." 그런 경험이 없어서 부럽다는 의미로 한마디 했더니 놀리는 것처럼 들렸는지 정색하며 바라보아서 순간 멈칫했다. 다만 이런 일들이 시인에게는 별로 기분 좋은 일도, 반가운 일도 아닌 듯싶었다.

글의 모티프는 자연이나 사물의 움직임에서 포착하기도, 읽던 책 속에서 선물처럼 안겨지기도, 길을 걸을 때 발길에 채기도 한다. 소재가 천지사방에 널려 있다는 뜻이겠으나 그것도 매사에 그쪽으로 촉이 뻗어 있고 성격이 재바른 사람에게나 안겨질 것이다. 그러나 섬광처럼 스치는 영감도,

분수처럼 솟구치는 에너지도 끊임없이 이어지는 폭넓은 독서와 열린 사고에서 비롯할 것이다. 어쨌든 글을 쓰게 하는 동기는 절체절명의 순간처럼 철두철미하게 몰입할 때 반가운 손님처럼 찾아온다는 평소의 지론이 겸연쩍었다.

일상의 색다른 체험이 머릿속에 쟁여 있는 지식과 경험을 바탕으로 글로 풀어진다. 떠오른 상념 하나가 낱말을 불러오고 동무 삼아 다른 낱말을 부르면서 문장이 완성된다. 글에 대한 감각은 원한다고 찾아오거나 작정한다고 대기하지도 않는다. 화가가 화폭에 스케치하고 붓질을 시작하면 다음 색칠할 물감으로 머릿속이 환해지고 그런 색채의 연결로 그림이 완성될 것이다. 마찬가지로 어떤 음이든지 고저장단에 따라 소리 빛깔이 있고 연주자의 기교에 따라 소리맵시가 다르므로 묵직하고 진중한 고전 음악에 심취하거나 산뜻, 발랄한 현대 음악에 마음이 기울거나 취향에 따라 음악을 선택할 것이다. 예술이 의식주를 해결해 주지 못해도 단념하지 않고 견디는 힘은 정신을 풍요롭게 하기 때문이다.

어느 작가는 표절하지 않으려고 남의 글을 읽는다고 한다. 혹시라도 부지불식간에 남의 문장이나 어투를 흉내 낼까 봐 그걸 피하려고 독서 한다는 것이다. 남의 글에서 자신이 쓴 비슷한 표현이나 문구를 발견하면 자기 글을 고쳐

쓰는데 그건 차별 있는 글을 쓰기 위한 엄격한 자기관리며 검열이라고 했다. 지식의 확장이나 간접 체험의 방편으로 책을 읽는 것과는 전혀 다른 개념의 독서를 하는 젊은 작가의 말은 신선했다. 독창적인 글을 쓰려고 노력하는 그가 대단해 보이고, 적어도 남이 인정할 만한 글을 쓰려면 이 정도의 배짱과 긍지, 결연한 태도가 있어야겠다고 감동했다. 누가 무어라 하기 전에 엄격하게 자신을 통제하는 것, 그걸 가벼이 생각하는 한 노상 같은 자리를 맴돌 것이라는 발언은 숙연했다.

이런 엄중함이 생산적이고 창의적인 일을 하는 사람의 치열함이며 고통일 것이다. 이 정도의 치열성이라면 산고와 비견할 만했다. 육천 마디 삭신이 움직이고, 산통에 자지러지다 차라리 이대로 죽는 게 낫겠다 싶을 때가 되어서야 신체 일부가 무너져내리는 듯 서늘한 느낌으로 생명이 태어나는 출산의 고통은 경험한 사람만이 알 것이다. 그때 우리는 새사람에게 환희의 눈길을 보내고 산모에게는 고마움과 경외의 마음을 갖는다.

지금까지 글을 쓰면서 힘들었다 해도 언감생심, 방 안을 뱅뱅 돌다가 몸부림치던 출산의 고통과 비교할 수는 없다. 그렇다면 아직도 갈 길은 멀고 막막하다는 뜻이다. 차별성 있는 문장에 고심하고 변별력 있는 글을 쓰기 위해 노력해야 한다. 심도 있는 독서야말로 산고와 다름없는 일인지 모른다. 도덕적 당위는 물론 세심한 눈과 엄격한 잣대로 개성 있는 문장에 절치부심하면서 소신대로 역량을 펼칠 때 생의 진화도 꿈꿀 수 있을 것이다.

우직스레 남의 글을 읽으면서 글을 쓰다 보면 세상 이치와 마찬가지로 여명이 밝아오듯 문리가 트여 물 흐르듯 자연스러운 글을 쓰게 되지 않을까, 심신의 몰입과 정진, 몸이 상하지 않을 만큼 전력투구할 때 글도, 삶도 신생의 기쁨을 얻을 것이라고 최면을 건다. 타고나지 않은 재주를 한하며 알아주지 않는 세상에 대해 삿대질하던 젊은 날, 탱자탱자하며 허투루 흘려보낸 세월이 미안해서 투박한 손 내밀어 악수를 청한다.

서대전 공원에는

— 단재 신채호 선생 동상

　버스를 타고 서대전 공원을 지나는데 현수막을 걸고 스무
남짓한 사람들이 둘러서서 동상 제막식을 하고 있었다. 멀
리서 봐도 두루마기 차림의 단재 신채호申采浩(1880~1936)
선생 같아 참석하고 싶었으나 갈 길이 바빠 지나쳤다. 일을
마치고 왔더니 땅바닥에 뒹구는 초겨울 낙엽이 스산하고
혼자 덩그러니 놓여 있는 금빛 동상이 주위에 어울리지 않
게 혼자 빛나고 있었다.

　신채호 선생 젊었을 때 모습인 듯 오른손에는 책을 들고
왼손은 뒷짐을 진 채 두루마기 차림으로 앞을 응시하며 서
있는 기상이 단호하고 경쾌해 보였다. 바람에 날리는 듯 살

짝 휘늘어진 옷고름에서 느껴지는 율동미였다. 동상 뒤편 나뭇가지 사이에 걸린 하얀 낮달이 심심한 듯 기우는 저녁 햇살을 받으며 자울자울 졸고 있다. 그때 갑자기 벼락 치듯 큰 소리가 들렸다.

"야! 신채호 선생님이 어떤 분이냐? 꽃다발도 하나 없고, 도대체 너희들은 일을 어떻게 하는 거냐? ○○○○ 같은……."

오십 초반쯤 되어 보이는 남자가 전화기에 대고 벼락같이 소리치며 다가왔다. 누군가에게 말하는지 동상 앞에 현수막도, 화환도 없음을 계속 추궁하며 호통을 쳤다. 그러잖아도 분명 현수막이 걸려 있었는데 벌써 치웠는지 흔적도 없기에 적어도 일주일이나 한 달 동안은 걸어 놓아야지, 시민들에 대한 배려가 전혀 없구나, 싶어 섭섭하던 참이었다. 듣기 거북하여 자리를 피하려는데, "그래도 자리는 잘 잡았네." 오십 대 남자가 전화를 끝냈는지 씩씩거리던 때와는 달리 혼잣소리처럼 한마디 하더니 주위를 돌면서 자세히 살펴보았다.

그때 여자아이 둘이 다가와 동상을 바라보더니 돌아섰다.

"너 저분이 누군지 아니?"

관심을 보이는 것이 고마워 동상을 가리키며 내가 물었다.

"신채호 선생님이요."

"그럼 뭐 하신 분인지도 알아?"

"독립운동가?"

이번엔 미심쩍은지 정말 그러냐는 듯 빤히 바라보았다.

"야, 참 똑똑하다. 그래, 몇 학년이야?" 3학년이라고 말하더니, 예닐곱 살쯤 되어 보이는 제 동생에게 너도 꼭 알아야 한다는 듯 동상을 손가락으로 가리키며 "저분이 신채호 선생님이야." 작은 소리로 또박또박 힘주어 말했다. 초등학교 3학년만 되어도 이분을 아는구나, 새삼 "역사를 잊은 민족에게 미래는 없다."라는 선생의 말씀이 떠올랐다. 이분을 안다는 것은 아이 수준에 맞게 역사를 안다는 것 아닌가. 어린아이의 행동이 가상했다.

동상 뒷면에는 3·1운동 및 대한민국 임시정부 수립 100주년을 기념하여 단재 신채호 선생의 민족독립운동 정신을 널리 기리고자 2019년 12월 8일에 동상을 세운다는 대전시장의 건립기가 상세히 적혀 있다.

"한국 근대의 언론인이자 독립운동가이며 역사 학자이다. 1880년 12월 8일 대전 동구 어남동에서 신광직과 밀양박씨의 둘째 아들로 태어났다. 본관은 고령, 호는 단재, 일편단생이다. 독립협회에 참여했고 언론 활동을 통해 계몽운동을 전개했다. 신민회에서 활약하다가 1910년 망명 후

중국과 러시아에서 독립운동에 힘썼으며 1919년 대한민국 임시정부 수립에 참여해 임시 의정원 의원으로 활동했다. 군사통일 촉성회를 조직하는 한편, 의열단의 조선혁명선언을 집필했다. 조선사와 전후삼한고 등을 저술하여 근대 민족사학을 정립했다. 1928년 타이완에서 체포되어 징역 10년형을 선고받고 1936년 뤼순 감옥에서 순국했다. 1962년 건국훈장 대통령장이 추서되었다." 동상은 조각가 김복규가 제작했다.

단재 신채호 선생의 일생을 요약 정리했다. 그러나 이분은 〈조선혁명선언문〉을 쓴 것으로 더욱 유명하다. 1919년 11월 만주 지린성에서 조직된 항일 무장독립운동 단체인 의열단이 활발한 활동으로 큰 성과를 거두면서 투쟁 목표와 행동 강령의 필요성을 절실히 깨달았다. 의열단은 일정한 거주지가 없이 각지에 흩어져서 친일파의 건물을 파괴하고 요인들을 암살하고 일본의 관청을 폭파하여 일본인들에게는 공포의 대상이었다. 의열단 단장 김원봉은 신채호 선생에게 '의열단 선언문' 써주기를 간청하고 선생은 이에 응했다. "강도 일본이 우리의 국호를 없이하며, 우리의 정권을 빼앗으며 우리의 생존적 필요조건을 다 박탈剝奪하였다." 서슬 퍼런 일본 제국주의를 강도 일본으로 지칭하며 거침없이 대담하게 쓴 강직한 기개가 놀라워 글을 읽으며 오싹 소름이 돋았다. 나라 위해 목숨 바칠 각오를 한 의열단 젊은이들에게 민족혼으로 무장해야 하는 당위를 제시하고 강도 일본에 대항하는 행동 강령을 명시했다. 정신 무장은 물론 당장 실천해야 할 구체적인 항목까지 조목조목 일러준 것에 환호한 이들은 의기충천하여 뜨거운 피가 끓어올랐다.

순국선열의 삶을 생각하노라면 어떻게 살아야 하는가, 새삼 정신이 확장하는 느낌이 든다. 그러므로 많은 사람이 오가는 서대전 사거리 공원에 신채호 선생의 동상을 세운 것은 적기에 좋은 장소를 택한 듯싶다. 대전 시민 대상의 문화 행사나 축제로 모인 시민들이 동상을 바라보며 신채호 선생의 사상을 상기해 보는 것은 의미 있는 일이므로 공원의 위상도 높아질 것이다.

텔레비전 화면을 보면 동상이나 묘지 앞에 누군가 가져다 놓은 꽃다발을 볼 수 있다. 이 세상 사람이 아니더라도 그에 대한 고마움과 추모의 정 때문이다. 사회적으로 이름이 알려진 사람들의 자녀 결혼식장에 가면 입구에 화환이 넘쳐난다. 그러니 표현이 좀 과하기는 했으나 세상이 다 아는 독립운동가 동상 제막식을 하면서 화환이나 꽃다발 한

개 없음을 한탄하며 분개하던 오십 초반 남자의 충정은 이해한다. 전화 받던 상대가 아는 사람이었든, 담당 공무원이었든 잘못하는 일에 한겨울 냉기 같은 서슬 퍼런 호통을 칠 수 있는 사람은 용감하고, 그런 말을 할 수 있는 사회는 건강한 사회다.

삶의 노정에서 하루하루가 역사라더니 오늘이야말로 대전시는 물론 나도 그렇다. 꽃다발은 누구를 탓하기 전에 신채호 선생의 유덕을 기리며 흠모하는 사람이 가져다 놓으면 될 일이다.

5부

차라투스트라를 읽다

  무더위와 씨름하듯 프리드리히 니체(Friedrich
Wilhelm Nietzsche 1844~1900)의 『차라투스트라는 이
렇게 말했다』와 씨름했다. 삶의 체험에서 우러나온 젊은
사상가의 문장이 대양으로부터 밀어닥치는 파도처럼 감당
하기 어려웠다. 거듭 정독하면 깨우침이 있을까, 싶었지만
오산이었다. 이해하기에 역부족임을 인정하면서도 벅차오
르는 감동은 별개인지 읽고 젖혀 두기에는 아쉬움이 많았
다. 장대하고 가멸찬 서사가 각자 이해한 범주에서나 말할
수 있다면 결국 열 사람에게 열 가지 사유가 가능할 것이니
'모든 이를 위한, 그러나 그 누구의 것도 아닌 책'이라는 부

제에 수긍하며 용기를 냈다.

　니체는 자신의 이야기를 쓰면서 왜 차라투스트라는 신화 속 인물을 차용했을까. 그가 이 글을 구상하고 쓰기 시작하던 때가 40세였다니 보통 사람은 평생에 걸쳐도 이루지 못할 세상 이치를 깨닫고 실토하기에 부담됐을까. 그래서 고대 철학자 차라투스트라를 소환하여 텍스트 말미마다 "차라투스트라는 이렇게 말했다."로 못 박았을까. 발상이 절묘해서 웃음이 나왔으나 이 책을 출간했을 때 사람들로부터 외면당했다 하니 근거 없는 상상은 아닐 듯싶다. 그러나 스스로 "나는 사후에 신화가 될 것이다." 예언한 그는 선견지명이 있었기에 시대를 초월한 현자라 할 수 있다.

　차라투스트라가 서른 살에 산에 들어가서 고독과 침묵으로 견딘 십 년의 세월은 간단치 않았을 것이다. 우선 나는 만유의 으뜸이면서 신에 버금갈 정도로 우러르는 태양도 반겨 주는 존재가 없다면 의미 없다는 일성에 환호했다. 무엇이 되었든 나를 알아주는 존재가 있는 세상은 나를 살게 하는 힘이며 이유이기 때문이다. 온갖 생명체들이 쉬라고 물러나는 저녁노을도 마찬가지로 인간에 대한 애정이었으니 생각은 바닷속처럼 깊어졌을 것이다. 진리는 사방으로 통한다고 했다. 자신이 터득한 지혜를 사람들에게 나누어 주고 싶어서 세상 속으로 내려간다는 선언이 고마워 숨을 죽였다. 어떤 비유를 무엇과 빗대어 어떻게 말하든지 은유의 파라솔을 젖히면 휘파람 소리가 들려 싱그러웠다.

'신은 죽었다'는 도발적인 언사로 기존의 사회 통념을 뒤흔들었다 해도 그런 전제가 사상 전개에 쉬웠을 것이므로 시비 걸 이유는 없을 것이다. 우월한 인간과 저열한 인간 사이의 범인들에게 들고나온 삶의 유형들이 시대와 민족이 달라서 받아들이기에 무리였다 해도 금과옥조 같았다. 예언자, 성직자, 학자, 도덕군자 등 학식 있는 사람도 고뇌가 있기 마련이니 자기 극복의 여정은 필요하고, 구제 불능의 인간에 대한 솔직한 설파도 애정에서 비롯했을 테니 고마웠다.

"낮 동안 열 번 자신과 화해해야 한다. 자기 극복은 혹독한 것이고 자신과 화해하지 못한 자들은 다른 것도 할 수 없다." "최고의 선은 창조적인 선이다. 창조하는 자는 함께 창조할 자를 찾아 새로운 서판에 써넣는다." "높이 오르고자 한다면 자신의 다리를 사용하라! 자신의 삶을 장악하지 못하는 삶, 그것은 노예의 삶이다." 자신과 화해하지 못해 지리멸렬하게 간고한 삶에 끌려다니며 에너지를 소모하지 말라. 자신의 삶을 진두지휘하며 창조적이고 생산적인 생을 살기 바란다는 확신에 찬 발언에 전율하였으니 페이지 어느 곳을 펼쳐도 잠언 같아 숙연했다. 깨달음의 경지는 나이의 많고 적음의 문제가 아니라 인식의 문제일 것이다.

"인간은 극복되어야 할 무엇이다." 이 말이 매력적으로 다가온 것은 누구나 극복해야 할 대상이 있기 때문이다. 의식주일 수도, 학문일 수도, 사랑일 수도, 자식일 수도, 본인일 수도 있다. 자신을 이기지 못해 파멸에 이르는 사람은 주위 사람까지 절망시킨다. 삶의 본질과 투쟁하면서 진일보하거나 도전하는 과정에서 한계치를 깨닫더라도 극복해야 한다. 의식을 찌르는 투창 같은 언어에 소스라치고 무의식을 건드리는 표징들이 혼란스러웠으나 나는 이 책부터 극복해야 했다. 장章마다 피력한 선언적 메시지가 파격적이었으나 괴리감이 있어도 반론할 여지 없이 수긍하면서 귀를 기울인 것은 이 시대에도 현자의 말이 절실하기 때문이다.

"모든 글 가운데서 피로 쓴 것만을 사랑한다. 피로 쓰라. 그러면 그대는 피가 곧 정신임을 알게 되리라. …… 피와 잠언으로 쓰는 자는 읽히는 것이 아니라 암송되기를 바란다." 피로 쓴다는 것은 정신의 진수에 닿는 길이라 했다. 심신을 몰입한 쓰기는 삶의 본질과 이어질 것이므로 인간의 성실과 맞닿을 것이다. 삶에서 우러나오지 않은 피상적인 글은 공감을 얻기 어렵다. 양심을 기반으로 한 정직한 노동과 성찰의 시간과 진실한 삶만이 영혼에 닿아 울림을 줄 것이다.

차라투스트라가 머물던 자리에서 떠날 때 제자들이 따라 가려 하였으나 그는 혼자 가기를 원했다. 제자들이 이별의 정표로 손잡이에 황금 뱀이 태양을 감고 있는 그림이 그려 진 지팡이를 내밀었다. 그러자, 그는 베푸는 덕에 대해 말 했다. "황금은 어떻게 최고의 가치를 지니게 되었는가. 진 귀하면서도 쓰임새가 정해지지 않았고 번쩍이면서 빛이 부 드럽기 때문이다. 진귀하면서도 쓰임새가 정해지지 않고 번쩍이면서도 부드러운 최고의 덕이야말로 남에게 베푸는 덕."이라 했다. 인간사 최고의 덕을 황금에 비유한 것도 공 교로웠다. 쓰임이 정해지지 않았다는 것은 소용될 여지가 넉넉하다는 것이다. 우리가 어떻게 살아야 하는가, 거시적 인생론도 중요하지만, 인간의 으뜸가는 덕목을 황금에 비 유한 안목도 황금률 같았다. 비바람 몰아치는 벌판에서 흔 들리는 한 떨기 꽃이 경이롭듯 생존 경쟁이 치열한 세상에 서 부드러운 금빛, 자비의 덕도 인간사를 황홀하게 한다.

사람 수보다 많은 대지와 삶이 있다는 것은, 덕을 충분히 베풀 수도, 받을 수도 있다는 것과 같다. 원수까지 사랑하라는 가톨릭의 사랑이나 불교의 자비 사상이나 자신이 뜻을 이루고 싶으면 남부터 먼저 뜻을 이루게 하라는 유교의 정신과도 일맥상통할 것이다. 말에 힘이 생겨 공감을 얻으면 진리가 되고 생각이 깊어지면 잠언이 된다. 스스로 자비의 기둥을 세우고 계단을 놓아 삶의 품격을 높이라는 말은 경전이었다.

"시인은 얼마나 침이 마르도록 말로 삶을 고발하는가? 그의 말에 귀를 기울이라. 그러나 온갖 고발 속에 들어 있는 쾌락을 흘려듣지 말라." 산문인가 하면 시이고, 시인가 하면 소설 같은 문장이 혼란스러웠으나 집착했던 것은 삶이 은유로 다가왔기 때문이다. 철학을 시로 썼다고 했던가. 알듯 말듯, 긴가민가하였어도 확신에 찬 어조는 천둥처럼 뇌리를 강타해 옴짝달싹할 수 없었다. 철학도, 시도 어렵기가 매일반이다. 다양한 제재와 비유로 펼친 사상이 지난 세월과 현재의 사유를 톺아 미래를 유추하게 하였으니 매력적이었다. 그렇지 않고서야 어찌 다시 읽으려는 염을 낼 수 있었겠는가.

······ 만물이 다가와서 손을 내밀고 웃다가는 달아난다. 그리고 되돌아온다. 모든 것은 가고, 모든 것은 되돌아온다. 존재의 수레

바퀴는 영원히 굴러간다. 모든 것은 죽고 모든 것은 다시 피어난다. 존재의 세월은 영원히 흘러간다. ……중략…… 존재의 둥근 고리는 영원히 자기 자신에게 충실하다. 모든 순간에 존재는 시작한다. '여기'를 중심으로 '저기'라는 공(球)이 회전한다. 중심은 어디에나 있다. 영원히 오솔길은 굽어 있다.

방대한 책은 이것으로 요약될 것이다. 정신이 어떻게 낙타가 되고, 낙타가 사자가 되며, 순진무구한 어린이가 되는가. 수많은 비유와 은유가 결국은 초인으로의 영원 회귀에 대한 설명이었다. 결국 니체는 우리가 사랑이 풍성한 자비로운 인간으로 품격 있게 살기를 바라면서 둥둥 북을 두드렸다. 자연을 경배하고 삶을 가다듬으며 어린아이처럼 환한 얼굴로 생을 즐기기를 원했다. 마침내 사자는 유순해지고 아이들은 즐거워하며 새들은 춤추고 세상은 유쾌했다. "그대가 울지 않으려면, 자줏빛 슬픔을 눈물로 달래고 싶지 않다면 그대는 노래해야 한다." 차라투스트라는 자신의 과업을 위해 분투했을 뿐이라고 일갈하며 인간 세상을 떠났으나 그는 친절했다. 사랑의 은유가 새벽안개처럼 불투명했어도 안개가 걷히자, 태양은 밝고 따뜻하고 은근했으니 우리 삶도 찬란하지 않겠는가.

미약하게나마 이 책을 정리하고 나니 갈피 모르던 절망감에서 벗어난 것 같다. 어떤 방식으로든지 이 텍스트를 개진하고 싶었던 것은, 생각을 키우는 명석한 가르침이 울림을 주기에 광활한 대양에 손이라도 담그고 싶은 숫접은 마음에서였다. 차라투스트라, 아니 니체가 하고 싶은 말이 많았듯 나도 할 말이 많았다. 조리에 닿지 않아 산만하더라도 답답한 심정 토로한 것만으로 후련하다. 이 책은 앞으로도 여전히 도도한 물결로 다가올 것이다.

종이 그림

　이응노미술관에서는 2020년 기획전으로 〈이응노, 종이로 그린 그림〉을 전시하고 있다. 종이 조각彫刻이라는 말은 알고 있었으나 종이로 그린 그림이라는 제호가 낯설어 무슨 의미일까, 궁금했다. 실생활에서 발에 차이는 것이 종이고 활용 또한 넘쳐 나는데 다작하기로 유명한 이응노(1904~1989)는 종이를 자유자재로 이용하여 격조 있는 미술 작품을 만들었다. 종이는 물이 스며들면 형태가 변하고, 부피가 클수록 막대기나 돌처럼 딱딱해졌다. 이런 물성을 이용하여 원하는 모양을 만들어 굳힌 다음 색깔을 칠했다. 유리 상자 안에 버젓이 자리하고 있는 진회색 바위의 형상은 재료를 알려 주지 않는다면 종이인지 돌덩이인지 알 수 없었다.

종이에다가 요철을 이용하여 문자를 써 놓거나 군무를 표현한 것은 섬세했다. 이응노 특유의 문자 추상이나 인물 조형이 종이에서도 여지없이 드러났다. 종이가 흔한 재료라 새로울 것이 없을 듯싶은데 착상은 놀라워 한지이든 양질良質의 양지洋紙이든 종이 특질을 최대한으로 살려 놓은 조형은 풍요로웠다. 화폭으로써의 종이가 아니라 미술 재료로써의 활용도는 광범위하고 기법도 다양했다. 작품 제목도 구성 시리즈였으니 여러 갈래로 생각해 볼 여지가 많았다. 이응노는 1962년에 이미 프랑스 파리 파케티 화랑에서 〈이응노 콜라주〉전을 열어 대중들로부터 호평을 받았다. "콜라주보다는 종이로 그린 그림이다." 그때 사람들이 한 말을 이번 전시회 주제로 삼은 듯싶다.

지난가을, 서울 성북동 혜곡 최순우(1916~1984) 옛집에 갔다. 돌계단을 서너 개 오르니 자그마한 정원에 꽃나무가 아기자기하게 피어난 기와집이 조촐했다. 최순우는 제4대 국립중앙박물관장을 지낸 사학자로서 선인들이 남긴 유물의 아름다움과 가치를 찾아내는데 마음을 쏟았다. 그는 높은 식견과 안목으로 『무량수전 배흘림기둥에 서서』 『나는 우리 것이 좋다』는 산문집을 냈다. 유려한 문장과 문화재에 대한 해박한 지식, 한국인의 정서를 웅숭깊게 그려 내어 독자들의 문화재 인식도 한층 격상시켰다. 내셔널 트러스트(national trust), 시민문화운동 제1호인 이 집은 아기자기한 한옥의 구조와 정성 들인 손길이 고풍스러웠다. 문화재에 대하여 남다른 관심과 업적을 세운 분이 살았던 곳이기에 더욱 소중하고 가치가 있을 것이다.

그곳 안방에서 뜻밖에도 하얀 종이 장롱을 보았다. 보통 의걸이처럼 말쑥하니 키가 크고 단아했다. 종이 장롱이라고 명패가 쓰여 있기도 하였지만 다른 색깔도 칠하지 않고 하얀 종이 색깔 그대로 의젓한 장롱이 궤연처럼 정갈하고 신성했다. 관람용으로 전시해 놓았으므로 최순우 선생이 사용하던 것인지 어느 분이 쓰던 장롱인지 알 수 없었으나 용도는 분명했다. 푸새한 모시 치마저고리나 모시 두루마기 따위의 여름살이 옷을 걸어 두면 통기성은 더할 나위 없고 여름옷에 이보다 잘 어울릴 장롱은 없을 듯 청초했다. 품이 너른 종이의 쓰임새도 놀라웠지만 이런 가구를 사용하던 분의 성정은 자신에게 엄격하고 남에게는 자애롭고 너그러울 것 같았다. 가구를 보고 주인의 심성을 유추해본 것은 처음인데 자연스럽게 떠오른 심사가 그랬다.

"지천년紙千年 견오백絹五百."이라는 말이 있다. 종이 수명은 천년, 비단은 오백 년이라는 뜻으로 한지가 가장 질기고 튼튼하여 수명이 길다는 뜻을 함축한 표현이다. 종이의 성질을 알았기에 장롱 틀을 짜 놓고 한지를 겹겹이 붙여서 미감은 물론 내구성 훌륭한 종이 장롱으로 만들었을 것이다.

예닐곱 살 되었을까. 할머니는 가을이면 방마다 문짝을 떼어 내어 물을 뿌린 다음 창호지를 떼어 냈다. 새 종이를 바른 문에 햇살이 비치면 방안은 산뜻하여 눈부시게 환했다. 안방 건넌방 사랑방 바깥사랑채 방문에서 떼어 낸 종이는 산처럼 수북했다. 마당에는 온통 종이 천지였다. 그것을 모아 이삼일 물에 담갔던가, 엄마는 종이를 손으로 꼭 짜서 절구에 넣고 찧었다. 불린 종이 죽으로 할머니와 고모는 네모지거나 둥근 상자를 만들어 바짝 말린 다음, 색색의 미농지를 여러 번 접었다가 모양 내어 오려 붙였다. 그렇게 만든 반짇고리나 종이 그릇은 쉬이 깨지지 않고 단단하여 오래도록 썼다. 그때 내 눈을 빛나게 한 것은 알록달록 곱던 종이 빛깔과 고모 따라 조몰락거리면 미끌미끌 손가락 사이를 빠져나가던 종이의 부드러움이었다. 개울에서 두 손을 표주박처럼 만들어 물고기를 잡으려면 어느새 손가락 사이로 잽싸게 빠져나가던, 안타깝게 애태우던 피라미나

미꾸라지의 서늘한 감촉이었다. 그것은 종이가 아닌 감미로움이었으니 자꾸자꾸 종이 죽을 움켜쥐었다. 그 느낌은 아직도 선연하여 오색 색종이의 황홀함과 함께 지난 세월을 풋풋하게 한다.

이응노 어머니도 종이 그릇을 만들려고 고서古書 낱장을 떼어 물에 담가 주물럭거리면서 한지에 쓰인 글씨의 먹물을 뺐다고 해서 반가웠다. 한 세대 전만 해도 물자가 귀했으니 이런 궁리로 종이 그릇을 만들어 마른 그릇으로 사용하고 화가는 종이를 예술로 승화시켰다. 세상에는 그리지 못할 그림도 없고, 사용하지 못할 미술 재료도 없다는데 작가의 창의력으로 빛나는 종이의 무한 변신이 새삼 놀랍고 고마울 뿐이다.

간밤의 사건 사고와 사회 각 분야의 석학들이 써낸 글을 읽으며 아침을 열고, 서책의 행간에 흘러넘치는 서사에 가슴 울렁거리는 소시민들에게 종이의 효능은 삼시세끼만큼이나 막중할 것이다. 빨래를 개키듯 신문을 접고 초등학교에 입학하는 아이처럼 책을 쓰다듬으며 저녁을 접는다.

자줏빛 점박이 노랑나비

　오늘이 내일인 일상에서 뜻밖의 체험은 선물인 양 반갑다. 예기치 않았던 호사가 마음을 평온하게 하는 것은 적요의 순간과 꽃망울 벙그는 시간만큼 소요된 정서의 파장이 은밀하기 때문이다.

　무더위가 한결 수굿한 늦여름이었다. 아산 외암민속마을 돌담에는 길손을 맞는 주황빛 능소화가 불붙듯 환했다. 예전의 시골을 재현해 놓은 초가집 안채에는 손때 묻은 살림살이 겸연쩍은 듯 오종종하고, 돌담 넘어온 넝쿨에는 애호박이 정겨웠다. 담장 안 풋대추는 알알이 여물고 마당가 풋감은 탱글탱글 아기 주먹만 했다. 아슴아슴한 어릴 적 고향 마을 풍정 그대로였다.

그때, 자줏빛 점박이 진노랑 나비가 족두리 꽃 위를 팔랑거렸다. 녹두만 한 크기의 매혹적인 빛깔에 순간, 아찔했다. 샛노란 바탕에 밝고 또렷한 붉은 자줏빛이 환상인 부전나빗과 종種은 강렬한 빛으로 살아 움직이는 날개 달린 꽃이었다. 층층이 결을 이루며 정연하게 덮인 인편鱗片이 햇빛을 받아 영롱했다. 물고기 비늘 모양의 얇은 조직은 기온이 올라가면 빛을 반사하여 나비의 체온을 조절했다. 작고 섬세한 분말 조직은 우리 눈으로 식별이 어려웠다. 앙증맞은 나비의 날갯짓 따라 시선을 옮기다 보니 제자리에서 맴을 돌았다. 어느새 나도 모르게 황홀 지경으로 빠져들었다.

나비에 매혹되는 것은, 아름다운 형색과 독특한 율동 때문이다. 여자들은 나비의 정교한 문양과 화려한 빛깔에 매료됐으나 소유할 수 없으니 액세서리나 옷감에 십분 활용했다. 또한 나풀거리는 나비가 이렇듯 찬연한 빛깔로 현혹하니까 수집에 열을 올리며 빛깔이 변하지 않도록 보존에 애를 썼다. 나비박물관에 가면 이토록 많은 종류의 나비가 있었던가, 다양한 무늬와 빛깔에 아연했다. 그러나 들에서 흔히 보던 노랑 검정 줄무늬가 요란한 호랑나비와 긴 꼬리 단아한 푸른부전나비도 보기 드문 것은, 농약을 함부로 쓴

환경 탓이다.

장다리 밭에는 나비가 많았다. 나비를 잡으려다가 놓치면 손가락에 노란 가루만 남았다. 분명히 잡았는데 어느새 창공으로 날아가는 나비를 바라보면 허망했다. 또다시 조마조마 숨을 죽였으니 아름다움에 대한 탐심도 본능이었을까. 송홧가루 같은 노란 가루는 여차하는 순간에 떨치고 달아나야 하는 나비의 보호막이며 장치였다. 사느냐, 죽느냐의 문제였으므로 적에게 공격받으면 신체 일부라도 포기하고 달아나야 했다. 작은 생명체라도 생존을 위한 묘책, 자구책이 있다는 것은 가상하다. 미물이라 하여 얕잡아 볼 일은 아니다. 네 목숨이나 내 생명이나 숭고하기는 매일반이고 생태계의 엄연한 생존 방식이 고마운 것이다. 독일 작가 헤르만 헤세(1872~1962)도 한때 나비 수집광으로 다양한 종류의 나비를 채집하고 관찰하며 글을 썼다.

나비는 먹고 늙기 위해 생존하는 것이 아니라 오직 사랑하고 생산하기 위해 살아간다. 이성을 유혹하여 자손을 번식한다. 나비의 화려함은 모든 시대와 민족이 느끼는 단순하고 명백한 자연의 개방이다. 즐거운 박애자며 빛나는 아름다움으로 단명하지만, 옛날에는 영혼의 상징이자 영원의 표상으로 문장紋章 속의 곤충이 되기도 했다.

— 헤르만 헤세 「나비에 대하여」

현란한 빛깔로 치장하여 상대를 유혹하고 종족을 보존하려는 것은 생명에 대한 계율이므로 엄숙한 일이다. 눈에 띄게 강한 색은 '그래! 덤빌 테면 덤벼라' 상대를 위협하려는 호기와 파격의 저의도 숨어 있다. 생물체는 주위와 비슷한 색으로 위장하여 자신을 지키는 보호색도 있지만, 처음부터 방어하려는 적극적인 대처도 있다. 수컷이 암컷에게 구애하는 행위도 각양각색이고 먹이 사슬이 치열한 자연계에서 곤충도 살아남기 위해 저마다 촉수를 세운다는 것은 애틋했다. 나비는 봄부터 여름까지 아름답게 살고 미의 정점에서 생을 마감한다. 붓으로 쿡쿡 찍듯 선명한 붉은 자줏빛 점박이 노랑나비도 날개 빛깔만큼이나 정열적으로 살 것이다.

자연계의 생물은 우리가 인지하지 못하는 방법으로 도태하지 않고 살아가고 있다. 위기의 순간은 무엇이나 누구에게나 바람 앞의 등불처럼, 망망대해 표류하는 찢어진 돛처럼 처처에 널려 있다. 절체절명의 순간에 인편 떨치고 하늘로 솟구치던 나비처럼 추락하려는 생의 파편들 바로 잡아야 할 것이다. 옳은 일에 주저하지 않고 목소리 내면서 자신의 빛깔을 드러내야 하리. 내가 있기에 세상이 아침 이슬처럼 영롱하다고 주문을 외워야 하리. 누리는 여전히 눈이 부신데 꿈길을 걷듯 가만가만 돌담길을 걷는다. 짜장 호접 몽 같다.

우체국 옆 우리 집

1. 숙맥

온양에서 고향 친구들을 만나기로 했을 때 약속 시간보다 일찍 도착했다. 어려서 살던 집을 바라보고 뛰어놀던 거리를 걷고 싶었다. 부모님과 육 남매가 부대끼며 어린 몸이 자라고 정서가 여물도록 못자리가 되어준 곳이라 그럴까. 친정은 내가 결혼하고 나서 십여 년 후에 아파트로 이사하였으니 그곳에 갈 일은 없었다. 온양 읍내 한복판 우체국 옆 우리 집은 솟아오르는 아침 햇살에 물안개 어리듯 아련한 그리움이다.

우체국 담을 사이로 하고 전자 제품을 수리하던 '유전사'

에서는 최희준의 '하숙생'이나 한명숙의 '노란 셔츠의 사나이'가 종일 흘러나와 거리를 활기차게 했다. 나보다 한 살 아래인 향숙이와 매일 어울리고 그의 엄마는 우리 집 막내를 얼마나 이뻐하셨는지 바오로를 '우리 바우리'라 부르며 날마다 안고 다녔다. 4학년 때였던가. "아무개는 소견이 어른 같구나." 다정다감하던 향숙이 아버지가 무슨 말끝에 나를 칭찬하셨는데 너무 부끄러워 엉엉 울어 버렸다. 향숙이가 당황해 달래 주었으나 나는 그다음부터 얼굴을 들지 못했다. 따뜻한 말씀에도 대책 없이 울음보가 터져 수습할 길 없었으니 수수께끼였다. 시루떡 심부름으로 향숙이네 갔다가도 떡 접시만 내밀고 뒤돌아 달려 나왔다. 어른들이 너그럽고 정이 많았는데 숫기 없던 나는 그 모양이었다.

'유전사' 옆에서 지물포를 하던 우리 집은 내가 고등학교를 졸업하고 나서 사층으로 새로 지었다. 초등학교 3학년 때부터 이곳에 살았는데 그때는 단층 기와집으로 바깥채는 가게이고 안채는 살림집이었다. 이불 속을 파고들던 겨울 새벽녘이면 찬거리를 파는 아줌마가 딸랑딸랑 종을 흔들며 손수레를 끌면서 거리를 지나갔다. 엄마는 양푼을 들고 나가 물오징어나 생태, 굴, 두부를 사 들고 와서 찌개를 끓였다. 무 넣고 고추장 풀어 끓인 물오징어 냄새는 문틈으로 들어와 점령군처럼 온 방을 휘저어 놓았다. 두레상에 둘러앉아 하얗게 눈부시던 오징어가 잘박한 빨간 국물에 밥 말아 먹고 학교로 달려갔다. 늘 풍성하고 당당하게 끓어 넘치던 찌개 냄새로 환치되는 유년은 물오징어의 부드러움처럼 은근하고 담백했다.

새벽 미사 가려고 조심조심 준비하던 엄마의 기척이 사라지면 땡그랑, 땡그랑 먼 곳에서 성당 종소리가 들려왔다. 가까이서 맑게 생선 장수가 딸랑거리던 종소리와 먼 데서 은은하게 들려오던 성당 종소리가 뒤섞여 꿈인지 생시인지 가물가물 환청인 양 감미로웠다. 또렷이 각인된 청각의 기억들이 어떤 형질을 구획 짓는 요소로 작동하였는지 유년은 종소리의 여운으로 다가왔다. 나무 의자에 앉아 만화를 보다가 눈물 뚝뚝 떨어뜨리며 어쩔 줄 몰라 쩔쩔맸던 우리 집 건너편 만화방은 흔적도 없이 사라졌다. 주인공 아버지가 끌려갈 때 누가 불렀는지 기억에 없어도 밤새 가슴을 파고들던 슬픔은 불도장으로 남아 이후로 "새야, 새야 파랑새야 ……." 노래만 들리면 그때인 양 글썽, 눈물이 고였다.

면장이던 외할아버지께서 읍내에 나오셨다가 우리 집에 들르시면 나는 나붓하게, 동생들은 의젓하게 절을 올렸다. 이날은 경중대던 동생들도 알아서 조신했다. 엄마는 푸줏간에 다녀와 고깃국을 끓이고 정갈한 반찬을 만들어서 반주를 곁들여 진지상을 올렸다. 할아버지께서 세상일을 이야기하시면 네, 그렇지요, 아버지는 고개를 끄덕이며 한 마디하고 생각난 듯 술잔에 반주를 따르셨다. 점심을 다 드신 할아버지께서 방안을 둘러보다가 우리가 벽에 써 붙인 붓글씨를 보고 "필체가 훌륭하구나." 칭찬하시면 그게 또 그렇게 부끄러워 얼굴이 빨개졌다. "네, 할아버지 고맙습니다." 아이답게 명랑, 쾌활하게 대답하였으면 좋았으련만 나와 남동생들도 모두 그랬으니 엄마는 늘 안타까워했다.

엄마는 내 말을 들어주고 칭찬도 잘하였으나 내가 너무 수줍어해서 쑥맥 같다고 했다. 우리 동네에서 흔히 쓰던 이 말은 엄마의 최고 꾸중으로 수줍음은 곧 쑥맥이었다. 숙맥 菽麥은 숙맥불변菽麥不辨이라는 고사에서 나온 말로 콩인지 보리인지 구별 못 한다는 뜻으로 사리 분별 못 하고 세상 물정 어둡다는 말이다. 엄마가 생존해 계시면, 제가 아무리 어리숙해도 콩과 보리를 구분하지 못했을까요, 웃으며 묻고 싶지만, 세상 물정 모른다는 말은 맞는 것 같다. 남의 칭찬에 지나치게 열없어하고 제 밥그릇 못 챙기는 위인이라는 핀잔도 들었다. 내 것 아닌 것에 기를 쓰는 것은 고사하고, 타인의 관심과 친절도 별로였으니 알다가도 모를 일이다.

부모님은 말수 적고 조용했다. 주위 사람들이 법 없어도 살 분이라고 칭송한 아버지는 큰소리 내는 것을 나도 보지 못했고, 엄마도 말 많은 사람을 질색했다. 우리 형제들이 자라면서 크게 싸우지 않았던 것은 성품이 온순해서 그랬을 것이다. 결국 수줍음도 집안 내력에서 비롯한 생래적인 것은 아니었을까, 이제야 드는 생각이다.

그렇다면 내 글쓰기는 어려서 발화하지 못한 말들이 쌓였다가 터져 나오는 것인지 모른다. 사람의 일생에 하는 말이 한정되어 있다면 과묵이란 이름으로 웅크렸던 숫기 없던 언어들이, 변명할 기회조차 놓쳤던 순간들이 억울하여 지극한 것이 사무쳤을까. 그렇지 않고서야 어찌 시답잖은 글에 매달려 평생 가슴앓이를 하는가. 고구마 줄기를 잡아당긴 듯, 쇠붙이에 말굽자석을 들이댄 듯 침묵의 언어들이 줄줄이 끌려 나와 아우성친다.

2. 피아노

우리 집으로 가는 길에 들어섰다. 넓었던 길은 겨우 차 두 대가 비켜 지나갈 수 있으며 나지막이 칙칙하던 가게들은 늘씬한 젊은이처럼 시원스럽고 화사했다. 집 앞에 플라타너스가 문지기처럼 서 있던 풍경은 눈 감아도 그릴 수 있는데 나무는 보이지 않고 낯선 거리를 걷는 듯 아기자기했다. 소박하던 거리는 시류에 맞춘 디자인과 관광지다운 면모와 색채로 세련되게 변했다.

맞은편 건물 앞에 서서 내가 살던 집을 건너다보았다. 기와집을 헐고 이 건물을 지었다. 새집으로 이사하자, 수도꼭지에서 따뜻한 물이 나왔다. 온양에는 늘 온천수가 솟아나는 곳에 공중목욕탕이 있었으니 집 지을 때 허가를 받고 온수 파이프만 묻으면 온천수가 나왔다. 밤새 연탄불에 데워진 물로 밥하고 세수하다가 아무 때나 따뜻한 물이 나오자 엄마도, 우리도 신기했다. 내가 여기서 산 세월은 20년 가까이 되지만 결혼으로 떠나고 동생들도 하나, 둘 짝을 만났다. 엄마는 뇌졸중으로 쓰러진 후, 이곳에서 투병하다가 돌아가시고 아버지도 아파트로 이사했다.

길가 3층, 내가 쓰던 방은 마침 커다란 유리창 문이 열려 있어 불현듯 오른쪽 계단으로 뛰어오르고 싶었다. 니스 칠로 반짝거리던 마룻장을 지나 방에 들어서면 가지런히 책을 꽂아 두었던 갈색 책장이 고즈넉했다. 풀새하여 다림질한 하얀 무명천에 덮여 저 혼자 무게를 잡던 검정색 호루겔 피아노 위에는 못난이 인형 삼 형제가 나란히 앉아 있었다. 시원스러운 하늘이 달려들 듯 가슴에 안기고, 밤이면 둥근

달이 기다렸다는 듯 다가오던 방이었다. 탐스러운 긴 머리를 어깨까지 찰랑이며 젊음만으로 당당하던 나와 만날지 몰라 집안과 방을 둘러보고 싶었다.

"아이고 얘야, 쇠 터럭보다 많은 세월이란다. 젊은 애가 왜 그렇게 바쁘다니? 너무 조바심치지 마라." 늘 무언가 미진하여 동동거리며, 자는 시간도 아까워 늦게까지 불을 켜 놓고 책을 읽던 내게 엄마가 안타까운 듯 말했다. 반세기 가까이 까맣게 잊고 있던 말이 환청인 양 들렸다. 순간, 그 많은 세월을, 푸르디푸른 젊은 날을 어디에다 꼭 탕진하고 돌아온 탕자 같아 아연했다. 생게망게하게 튀어나온 생경스런 언어가 당혹스러워 도무지 당장 무슨 셈이라도 해야 할 것 같아 어리둥절했다.

고등학교를 졸업한 후, 직장에 다니면서 피아노를 배우기 시작했다. 출근 전에 레슨 받으러 이 길로 개인 교습소를 오갔다. 연습곡 체르니 30번을 치면서 명곡을 병행했던가. 애디슨 P. 와이먼(Addison P. Wyman 1832-1872)의 '은파銀波' 선율이 머릿속에 부유하면서 가슴이 두근거렸다. 체르니 40번에 들어서면서 미숙하나마 손끝으로 리듬을, 음악을 만들어 낸다는 것이 기교 이전에 황홀한 일이어서 피아노 선율에 매료됐다. 경쾌하고 서정적인 감성을 구슬 구르듯 선명하게 표현한 은파가, 달빛에 반짝이며 출렁이는 잔물결의 멜로디가 감미로웠다. 건반 위에서 구르듯 통통 튀던 물방울 소리가 온 마음을 뒤흔들어 심상에 파장이 일었다. 은파라는 낱말조차 섬섬옥수에 낀 은가락지처럼 청초하여 서툴게나마 곡을 완주할 수 있었다. 악보를 해독하였으니 연습만 하면 될 터였다.

그즈음 선을 보고 예식을 올린 다음 혼수와 함께 피아노를 가져왔다. 신혼 초에는 달리 할 일이 없으니 날마다 피아노 앞에 앉는 것이 유일한 낙이었다. 그러다 세 아이를 낳아 기르며 아예 손을 놓아 버렸다. 젊은 날 한때 피아노에 심취했던 날들이 있었던가, 기억은 흐리마리하여 까마득한데 뜻밖에도 예기치 않은 곳에서 불길처럼 솟아올라 피아노와 절연했던 세월이 못내 아쉬워 가슴을 쳤다. 짝사랑하던 연인의 집을 넘겨다보듯 쉽게 눈길 거두지 못한 것은, 미처 정리하지 못한 이별이 갈피 없이 미안하고 어느새 가버린 젊음도, 세월도 속절없기 때문일 터다.

젊은 날, 살던 집이 건재하다는 것은 인생의 한 구간을 재생시켜 주는 일이기에 은밀한 추억처럼, 역사적 유적지처럼 대견하여 웃음을 깨물었다. 어려서 피아노 치던 아이들이 짝을 찾아 떠났는데도 우리 집에 피아노가 온전하게 있다는 사실이, 피아노 치는 것은 물론, 무엇을 못 하겠느냐는 듯 두 손 씩씩하게 멀쩡하다는 현실이 기적 같아 고마웠다. 한번 익힌 기능은 집중도에 따라 기억력을 회복한다는 평소의 지론을 믿는다. 리듬을 복기하는 일은 싱그러운 젊은 날을, 호반에 반짝이는 물비늘처럼 심상에 은파를 재생하는 것이다. 어느 천년에 그 어려운 곡을 치겠느냐고 지레 걱정하지 않는다. 이 나이에 누구 앞에서 피아노 연주할 일은 없을지니. 인생은 완성이 아니라 결국 미완성으로 끝나듯 물방울 구르는 소리가 아니라 그것이 깨지는 소리일망정 흉내 내면서 하루하루를 즐기면 될 일 아닌가. 새롭게 정신 쏟을 일이 있다는 것에 골몰하여 마음은 풍선처럼 부풀었다.

개인의 삶도 역사라 한다면 희로애락의 순간들을 문설주마다 기억하고 있는 집은 무엇으로도 대체 불가한 하나의 의미다. 지금 그곳에 누가 살고 있는 것과 상관없이 실재만으로 소중한 인연이다. 고난의 행군이었든, 환상의 꽃길이었든 삶의 애환을 간직한 장소는 추억의 보물창고라 할 수 있다. 생애를 돌아보면, 한여름 마당 가 짙붉은 샐비어꽃 활활 타오르듯 가슴 뜨거운 날도 있었지. 바닷속이 좁다는 듯 물결 위로 솟구치던 물고기처럼 종일을 꿈꾸기도 했었지. 쇠 터럭만큼 많다는 세월도 지나고 보니 여로의 하룻밤 꿈처럼 애달프긴 하지만 삶은 뜻밖의 장소에서 기억을 소환하여 불꽃으로 튄다.

3. 편지

우체국 네거리 길모퉁이에 자리한 단층 건물 온양우체국은 번화한 주위와 상관없다는 듯 아담하고 고즈넉했다. 사철 푸르렀던 뒷마당 측백나무는 보이지 않았으나 외양은 산뜻하게 단장하여 관공서다운 품위가 있었다. 길 건너에 농협이 자리한 거리는 시장의 초입으로 늘 오가는 사람들로 북적거렸다.

우체국 문을 밀고 들어가 두리번거리니 청원 경찰이 다가오며 무엇을 도와드릴까요? 물었다. 그제야 당황한 나는 아, 네 우표를 좀 사려고……. 그는 나를 우표 파는 창구로 안내했다. 여전히 우체국은 내게 우표를 사고 편지를 부치는 곳으로 각인된 곳이구나, 얼떨결에 우표 스무 장을 사고 나서 의자에 앉으며 든 생각이었다. 우표를 샀으니 편지를 써야겠네, 세상에서 사느라 고생한다고 누군가에게 위로해야겠네, 사는 게 왜 이렇게 힘드냐고 푸념이라도 늘어놓아야겠네, 오랜만에 잊고 있던 순수가 찾아와 씩, 웃으며 어깨를 쳤다.

예전에 장거리 전화하는 사람으로 소란스럽고, 편지나 소포를 부치려는 사람으로 북적이던 실내는 조용했다. 우리 집에서는 벽지는 물론 온갖 종이를 팔았으니 소포를 부치려는 사람들도 많이 찾았다. 사위어가는 석양빛처럼 차분한 하도롱지는 질기고 야무져 쉬이 찢어지지 않아 포장지나 소포 지紙로 많이 사용했다. 미농지, 화선지, 모조지, 창호지 따위의 전지 사이에서 하도롱 빛은 은근하고 차분했다. 선물을 포장하던 하도롱지의 매끄러운 질감은 상기도 남아 설레게 한다. 편지 자루를 힘겹게 옮기거나 편지 가방을 짊어지고 나가던 우체부의 모습은 보이지 않아도 돈을 찾는 아주머니와 농산물을 담은 택배를 부치려는 아저씨들로 우체국 안은 여전히 훈기가 돌았다.

시인 청마 유치환(1908~1967)은 시조 시인 이영도(1916~1976)에게 20여 년(1946~1966) 동안 연모의 정을 서신으로 보냈다. 유치환이 갑자기 교통사고로 세상을 떠나자 이영도는 이듬해 자신이 받은 편지 중에서 몇 편을 골라 『사랑하였으므로 행복하였네라』를 출간했다. 가정이 있는 유치환이 딸과 함께 살고 있던 시조 시인 이영도에게 보낸 연서가 그대로 책으로 묶였으니 세간의 이목이 집중하면서 젊은이들 마음도 설레게 했다. 젊은 날, 가슴 먹먹하도록 은유가 빼어난 유치환 시詩도 연정에서 기인했으리라는 막연한 추측을 했다. 그러나 지성을 갖춘 시인이 솔직하게 쓴 편지를 만인에게 드러낸다는 것이 이해되지 않아 의문이 들었다. 이런 담론을 터놓고 나눌 상대조차 없어 답답했던, 설익은 정서로 심각했던 오래전 기억들이 흰 구름처럼 뭉게뭉게 피어올랐다가 조각조각 흩어졌다.

세로줄 활자로 펴낸 책에는 자신도 어찌할 수 없는 사랑으로 애달파하는 시인의 심정이 고스란히 드러났다. 이 책이 유행하던 때가 1970년대 초였으니 20대 초반의 나도 혼란스럽고 안타깝기는 마찬가지였다. 결혼한 이후, 이러저러한 일로 우체국을 수없이 드나들었으나 이들에 관해 한 번도 생각나지 않았는데 느닷없이 이곳에서 유치환의 시 구절이 떠오르며 복잡한 심사가 된 것은 온양우체국이라는 현장성 때문일 것이다. 격정의 소용돌이에 번민하다가 낮아지고 낮아져서 결국 어질어지는 자신을 느끼는 청마 시인을 생각하면 인간의 의지로 어쩔 수 없는 영역이 있는가 보다 너그러워지는 것이다.

젊은 날, 친구에게 일주일에 두세 번씩 편지를 쓴 일이 있었다. 말을 하고 편지를 쓸수록 할 이야기는 화수분처럼 쏟아졌다. 다가오는 풍경이나 눈길 닿는 사물들이 크리스마스트리의 장식등처럼 의미 있게 반짝이고 가슴속에 고인 언어는 옹달샘처럼 차고 넘치니 어떤 방식으로든 풀어내지 않을 수 없었다. 특별한 것 없는 일상들이 모두 감당하기 버거운 고민으로 다가와 문제 아닌 문제는 꽤 심각하여 머리가 무거웠다. 대수롭지 않은 일에 의미를 부여했던 것은 미래에 대한 불안이며 미성숙한 성정으로 인한 막연한 두려움이었을 것이다. 쓸데없는 불안과 두려움은 책 읽기로 이어지면서 사고의 지평을 넓혔으니 감정의 출구가 필요하였는지 모른다. 그것은 세상에 관한 질문이며 삶을 알아가는 방편이었으므로 펜을 들지 않을 수 없었다.

대상이 누구이든 편지를 쓴다는 것은 꽃잎 피어나듯 마음도 벙그는 일이다. 상대에게 하는 말 같았으나 결국은 자신에게 털어놓는 궁리며 다짐이고, 세상에 대한 감정의 표출이다. 편지를 받는 것도 반가운 일이지만 논에 모포기 꽂듯 백지에 한 자씩 마음을 심는 것도 가슴 두근거리는 일이다. 그때 꽂아 놓은 정서들이 어떤 모습으로 꽃필지 모르더라도 설레던 파장만큼 정신도 성장하여 삶을 풍요롭게 했을 것이다.

보글거리는 심사 비밀인 듯 밀봉하여 보낸 편지들이 하

뭇하게 떠오르는 것은, 분꽃 씨앗처럼 또렷한 사연 공유하고 있는 온양우체국 덕분이다. 세상에 존재하는 것만으로도 설레게 하는 대상은 하나의 우주라고 할 수 있다. 우주가 된다는 것은 상대방의 삶을 찬연하게 하는 일이므로 의미 있을 것이다. 에메랄드빛 하늘이 보이지 않아도 툭, 우체통에 떨어지던 둔탁한 소리마저 떨림으로 다가오던 질감은 인간에 대한 소통의 바람이며, 인간으로서 어쩌지 못하는 인생에 대한 겸손이었는지 모른다.

4. 침鍼

우리 집 앞에는 깨끗하고 반듯한 이층집 중화한의원이 있었다. 낮은 기와집과 칙칙한 건물 사이에서 단정한 흰색 건축물은 단연 돋보였다. 중국 사람이 의사였다. 하얀 옷을 입은 사람들이 끊이지 않고 드나들었다. 당시의 보통 사람들 나들이옷이 흰색이고, 시골에서 읍내에 나오려면 여자들은 옥양목이나 당목 치마저고리를, 남자들은 갓을 쓰고 무명이나 모시 두루마기를 입었으니 그곳에 드나들던 사람들이 모두 그런 차림이었다. 아버지도 가게에 찾아온 손님들이 한의원 의술을 궁금해하면 침술이 아주 용하다고 했다.

고등학교 때였던가. 어쩌다가 발가락을 삐었다. 처음에

는 절뚝절뚝 걸었으나 몇 걸음 걷다가 주저앉으니 아버지가 자전거로 학교에 데려다 주었다. 학교에서도 꼼짝없이 앉아 있었는데 발등은 성이 난 듯 빨갛게 부어오르기 시작했다. 차츰 발등이나 발가락이 빵빵하게 고무풍선처럼 부풀어서 터질 것 같았다. 다친 곳은 발가락인데 온몸이 아팠다. 선생님께서 집으로 전화를 하셨는지 아버지께서 오셨다.

엄마가 침을 맞아야겠다며 한의원에 데려갔다. 키가 큰 중국인 의사는 별로 밖으로 나오는 일이 없어 얼굴도 몰랐는데 그때 처음 보았다. 우리말이 어눌했으나 소통은 충분했다. 긴 의자에는 사람이 많았다. 의사는 별거 아니라 생각했는지 이리 오라고 하더니 긴 침을 들고 달력을 가리키며 저기를 보라 했다. 얼떨결에 고개 돌린 순간, 악! 나도 모르게 비명을 질렀다. 세상에, 발목이라도 자르는 듯 깜짝 놀라서 꼼짝없이 죽는 줄 알았다. 침이 그렇게 아프다니, 다시는 맞지 않을 거야. 속은 것 같은 기분에 괜히 엄마에게 심통을 부렸다. 얼마나 충격이 컸는지 입맛이 뚝 떨어져서 밥도 먹을 수 없었다. 하루가 지나자, 부기가 내리면서 걷지도 못하게 아프던 발이 병원에 두 번 갈 것도 없이 말짱했다. 침술이 기가 막혀 명의라는 말이 헛소문은 아니었다. 온몸을 고통스럽게 하던 발을 씻은 듯이 낫게 한 비법이 놀라웠다.

병원에는 얼굴이 하얗고 예쁜, 내 또래 여자애들이 서너 명 있었으니 고무줄놀이나 술래잡기를 하며 곧잘 어울렸다. 그들 엄마는 자그마한 체구에 시장바구니를 들고 어린 애들이 신을 것 같은 작은 신발을 신고 뒤뚱뒤뚱 걸었다. 처음에는 다리를 다쳤나보다 생각했는데 보통 사람 걸음걸이가 아니었다. 그렇다고 누구에게 묻지는 않았다. 어른들도 중국 여자들은 모두 그렇다고만 할 뿐 별다른 말은 하지 않았다.

나중에 펄벅의 소설 「대지」를 읽으면서 전족이라는 것을 알았다. 중국에서는 여자아이가 서너 살이 되면 발이 자라지 못하도록 무명천으로 발을 친친 감아 놓았다. 여자의 작은 발이 미의 기준이라 남자에게 사랑을 받으려면 그래야 한다고 했다. 아이 발이 자라지 못하게 어머니가 그 지경으로 만들어 놓았다는 것이다. 자유롭게 움직이지 못해야 순종적인 여자가 되어 남편들이 좋아한다나 어쩐다나, 지금 시각으로 보면 웃음이 나오는 일이다. 소설 속에서도 아버지가 나이 많은 남자에게 딸을 팔아서 시집간 어린 여자가 도망가다가 잡히자 감시 속에서 고생하며 살았다. 전족이 천년이나 지속되고 1982년에야 금지하도록 나라에서 법으로 정했다니 미개인이 따로 없다.

　남자들이야 그렇다 쳐도 어머니들도 합세했다는 것은 도무지 알 수 없는 일이다. 인간의 욕심이란, 얼마나 잔인하고 야만적인가. 여자를 남자의 소유물로 생각하는 천박한 사고와 가학적인 태도를 생각하면 분노가 치민다. 예나 지금이나 남녀 문제가 일어나면 물리적으로 취약하니 여자는 피해를 볼 수밖에 없다. 이것은 남자들만의 문제가 아니라 여성들 의식이 깨어 있어야 스스로 자존을 지킬 수 있다. 지금 시대는, 온몸의 장기가 발과 연결되고 발이 건강해야 신체가 건강하다는 것은 상식으로 알고 있어서 건강을 위해 족욕이나 마사지까지 하면서 발이 호강하는 세월이다.

　전족 이야기만 나오면 깨끗하고 선한 의사 부인이 떠오르는데 그런 발로 이국에서 사노라 얼마나 마음고생을 하였을까. 내가 결혼하면서 집을 떠날 때도 한의원이 있었는데, 그 후 한의원 부부와 아이들이 언제 어디로 떠났는지 알 길 없으나 침술의 효능은 놀라워 이따금 전설처럼 떠오른다. 누가 어려서 동네 침쟁이에게 침을 잘못 맞아 몸이 어찌 되었다는 말을 들으면 이 중국인 의사에게 침을 맞았으면 괜찮았을 거라며 아쉬워한다.

　언젠가 허리가 아파 수지침이라는 것을 맞으면서 따끔한

것이 간지러울 정도라 이게 과연 침으로 효능이 있을까, 의심이 들며 웃음이 나왔다. 그러다 세상사 풀리지 않는 답답한 문제에 닿으면 엉뚱하게도 어린 날 맞았던 장침의 효능을, 총체적 고통을 한 방에 날려버린 탁월한 의술을 떠올리며 인생사 단번에 해결할 수 있는 그런 묘수는 어디 없을까 고심한다. 이 나이 되도록 살았으면 삶의 문제 풀지 못할 것이 무언가, 지난날 아팠던 발가락의 기억조차 비밀처럼 은근하고 다정하여 실로 감미로운 마법 같은 것이다.

5. 달밤

성체聖體 같은 반달 위에 바람은 농묵으로 앙상한 나뭇가지를 그려 놓았다. 곱은 손 호호 불며 한 편의 시를 적어 놓았다. 옴폭옴폭 파인 분화구가 미세하고, 45도로 기울어져 보일 듯 말듯 조금조금 뒤척이는 수척한 상현달 위에 넘치거나 모자라지 않게 담아낸 겨울의 은유다.

달에 비친 겨울나무를 천체 사진집에서 보다가 심호흡했다. 보통 눈으로 바라본다 한들 이런 풍경이 보이랴만 망원경에 특수 카메라를 장착해서 찍었다는 달 사진은 흑백 대비가 보여 주는 단순미였다. 사진이 순간 예술이라는 의미도 찰나의 포착, 절제의 융통성을 말할 것이며 기막힌 순간도 저절로 굴러오지는 않을 것이다. 광덕산 능선을 따라 떠오르는 상현달에 비친 앙상한 나뭇가지의 절묘한 순간도 우연이라기보다 준비하고 기다린 자에게 찾아온 행운일 터다. 지구에서 38만 킬로미터나 떨어져 움직이는 달 풍경을 앞마당 꽃나무 찍듯이 여백의 미로 창출한 안목은 오랜 세월 동안 부단히 연마한 솜씨이며 노련함이다.

깊은 밤, 중천에 떠오른 달은 귀가하지 않은 사람 이제나 저제나 올까, 마음 졸이며 기다리는 사람에게 보내는 위로의 손길이다. 손닿을 수 없이 아득하여 마음 내려놓게 하는 허심의 외경이다. 눈뜨고 바라볼 수조차 없는 해와 달리 백색의 단호함은 감추어 두었던 마음 비춰 보는 거울이다. 차마 말할 수 없어 묻어 두고 금기시하던 이야기 거슬러 오르게 하는 세월의 산맥이다.

고등학교 1학년 여름방학이 끝나갈 무렵이었다. 난데없이 학교에 나오라는 전갈이 왔다. 뜻밖에도 담임 선생님이 돌아가셨다고 했다. 생물을 가르쳤는데 시신이 대천 앞바다에서 발견되었고 목도장이 주머니에서 나왔으나 사망원인은 알 수 없다고 했다. 죽은 이를 극락으로 보내기 위해 치른다는 천도제라 했던가, 천안에 있는 광덕사에서 재가 열리니 함께 가자며 국어 선생님이 우리 반 아이들 열 명을 불렀다. 선생님을 따라 온양에서 버스를 타고 천안에 가서 다시 차를 바꿔 타고 절에 갔다. 광덕사는 의외로 크고 마당은 넓었으나 절을 처음 접한 나는 분위기가 영 낯설어 서먹했다. 입구의 험상궂은 형상이나 원색의 화려한 벽화는 오히려 무서웠다. 만수향 연기가 자오록한 대웅전에서 스님은 한참 동안 목탁을 치며 뜻 모를 염불을 외우고 우린 스님 뒤에 다소곳이 앉은 귀를 기울였다.

수업 도중에 우스갯소리를 잘하셔서 우린 책상을 두드리며 자지러지곤 했는데 인사도 없이 선생님이 가시다니 믿어지지 않았다. 다시 뵐 수 없다는 생각에 슬프기도 하고, 정말인지 거짓말인지 긴가민가하여 울지도 못한 채 가슴만 먹먹했다. 소복의 사모님은 고개 한번 들지 못하고 초등학교 1학년쯤 된 아들은 우리 시선이 부담스러웠는지 자꾸 엄마 치맛자락 뒤로 숨었다.

해 떨어지자 산속은 금방 어두워졌다. 버스도 끊겨 천안 시내까지 걸어 나와야 했다. 때마침 보름달이 휘영청 떠올라 천지간에 환한 달빛을 쏟아 놓으며 길을 안내했다. 아직 반팔 교복을 입었으니 초저녁 공기가 선득했다. 달빛도 슬프고 선생님과의 이별도 믿을 수 없어 울적하니 분위기는 물속처럼 가라앉았다. 짓궂은 친구의 장난에 깔깔거리다

가 처연한 달빛에 소스라치게 놀라 갑자기 소리를 뚝 그치
곤 했다. 그리곤 무언지 모를 순간의 적막이 싫어 와자하게
떠들다가 누가 먼저랄 것도 없이 노래를 불렀다. 동요와 유
행가를 부르다 교가도 불렀던가. 노래를 그치면 사위는 빨
아들일 듯 고요하고 부드러운 달빛에 마음도 풀어졌다. 무
뚝뚝하던 국어 선생님도 다감해져 이야기보따리를 풀어놓
았다. 톨스토이의 단편이었던가. 「바보 이반」이나 「인간에
게 땅이 얼마나 필요한가」 따위의 이야기에 빠지다 보니 먼
데서 다가오는 천안 시내 불빛이 반갑지 않게 그 시간이 은
근하고 정다웠다. 사고가 제대로 여물지 못한 사춘기의 감
정들은 천방지축 널뛰기하며 정서가 불안하던 시절이었다.
가깝지 않은 시골길을 한참 동안 걸어서 천안 시내로 나오
기까지 달빛은 우리를 위무하듯 부드럽게 비춰 주었기에
이별의 슬픔과 함께 아름다운 추억으로 남아 있다.

　살아오는 동안 그날처럼 천지를 싸안으며 환하게 아름답
던 달빛은 보지 못했다. 지금도 친구들을 만나면 달빛은 여
전히 옥양목 소복으로 떠오르고, 기껏해야 30대 중반이었
을 선생님은 왜 그렇게 일찍 세상을 등져야 했을까, 어린
아들은 무엇을 하며 살고 있는지, 알 듯 모를 듯 복잡한 심
사로, 흥겨운 기분으로 무작정 걷고만 싶었던 치기 어린 그

날의 달밤을 그리워한다.

불현듯 생각나 창문을 열면 예나 지금이나 달은 기다리던 사람처럼 환하게 눈부신 얼굴로 다가온다. 예술가들에게 창작의 영감을 주고, 감수성 예민한 청소년들에게 꿈을 갖게 하고, 가슴 시린 사람들에게는 따뜻한 연인으로 여일할 것이다. 몇 날 며칠 동안 보지 못하고 지나는 날이 태반이더라도 수수만년 동안 거기 늘 그렇게 있었다는, 지금도 있다는, 앞으로도 있을 것이라는 생각으로 위안이 된다. 새해 첫날의 서설 같은 동살이 맑은 기운을 누리에 전하듯 달 풍경 사진이 속진에 찌든 영혼을 헹구어 낸다.

해마다 덩굴장미는 피어나도

아파트 담장에 덩굴장미가 불꽃처럼 번졌다. 마술사의 주먹에서 짠, 하고 튀어나오던 장미꽃처럼 하나, 둘 벌기 시작하더니 어느새 뻗쳐오르는 정열 주체할 수 없다는 듯, 더는 참을 수 없는 사연 터트리듯 담장을 뒤덮어 버렸다. 누리는 온통 사방에서 피어난 장미의 축제 마당이다. 차마 털어버리지 못하고 미루던 일 빌미 삼아 화해하라고 채근하고 있다.

언젠가 친정에 갔다가 여학교 동창한테서 J 선생님이 돌아가셨다는 소식을 들었다. 순간 가슴 한쪽이 쿵, 무너져 내리는 것 같았다. 생존해 계실 때에 찾아뵈었어야 했는데 무심했다고 생각하니 아쉬움만 더했다. 정년 퇴임하고 친정 동네에서 지내신다는 말을 들었으니 마음만 먹으면 나설 수 있는 일이었다. 생각만 하다가 기회마저 영영 놓쳐버린 안타까움에 가슴을 쓸어내린다. 어른들이 언제까지나 살아계실 줄 알았을까, 허방다리를 딛던 기분을 떨칠 수 없다.

언젠가 한 번 찾아뵈리라, 마음먹고 있었다. 변변치 않은 살림을 꾸려 오면서 글이란 걸 쓰게 되어 수필집이라도 한 권 내면 찾아뵈어야지, 생각했다. 아이들이 어려서는 바쁘고 정신없는 일상에서 벗어날 수도 없었지만 나름대로 성공(?)했을 때 찾아뵙고 싶었다. 그렇다고 알 수 없는 정체를 발판 삼아 이루고자 노력한 것도 아니면서 아직 때가 아니라는 핑계를 구실로 삼았다. 이제야 그런 생각이 얼마나 어리석고 부질없는 일이었나, 가슴 치며 후회하는 것이다. 보란 듯이 살진 못해도 아이들 잘 자라 제 갈 길로 가고, 활자화된 글이 적지 않으니 내 글이 실린 책이라도 보내 드렸으면 대견해 하고 좋아하셨을 텐데 어쩌자고 이 세월 동안 미루기만 하였는지 모를 일이다.

J 선생님은 고등학교 3년 동안 국어와 한문을 가르치고 2, 3학년 때는 담임을 했다. 문예부를 지도했는데 2학년 때 어쩌다 교내 백일장에서 상을 받는 바람에 선생님이 문예

부 시간에 나를 불렀다. 선생님은 원고를 주며 아이들 앞에서 낭독하라 했다. 그것은 얼마 전, 교내 백일장에서 내가 썼던 원고였다. 오른편 상단에는 심사를 마친 선생님들의 서명과 날인이 나란히 찍혀 있었다. 중·고등학교가 병설이었으니 한 교무실에서 근무하던 국어 선생님이 여섯 분이었는데 '장원'이라는 글자 옆에 선명히 찍힌, 크기와 모양이 다른 인주 자국을 보자 너무 놀라 가슴이 두근거렸다. 그것은 생을 가름하는 화인火印 같았다.

그 해 주어진 글제가 '하늘'이었다. 여름방학이 끝나고 첫 운동장 조회 시간이었다. 뜻밖에도 미술 선생님이 서울로 발령이 나서 전교생에게 마지막 인사를 하고 홀연히 떠났다. 나는 어이없는 이별에 부끄러운 줄도 모르고 교실 담벼락에 기대어 소리 내어 울었다. 뜻밖의 행동을 누구도 제지하지 않았다. 얼마를 울고 나서 망연히 바라본 하늘은 구름 한 점 없이 맑고 남빛 비단 피륙을 펼쳐놓은 듯 아름다웠다. 그 하늘 언저리에 이른 아침 나팔꽃처럼 싱그럽게 벙글던 미소와 선명한 남빛 투피스 차림의 선생님 모습이 겹쳐지면서 그리움이 사무쳤다. 여태까지 접해 보지 못한 낯선 슬픔은 가슴을 저민 듯 감당하기 힘들었으나 누구 하나 관심 두지 않았다. 울적하고 허전한 마음으로 학교생활이 이어지는 가운데 교내 백일장이 열렸다. 가슴이 뻥 뚫린 듯 견딜 수 없던 가슴앓이를 원고지가 받아 주었다.

어려서부터 그림 그리기를 좋아하였으니 중·고등학교에 가서도 자연히 미술반에 들어갔고 방과 후엔 언제나 그림을 그렸다. 가게를 운영하는 우리 집의 번다함보다는 현관 위 자투리 공간을 이용하여 만든 다락방 같은 미술실이 아늑하고 조용해서 좋았다. 또한 깨끗하고 단아한 모습, 머금은 미소가 터질 듯 매력적인 K 미술 선생님이 마음에 들었다. 수첩에 빼곡하게 적은 시를 읊어 주고, 조용하지만 정감 어린 말소리로 책 이야기도 들려주며 우스갯소리도 잘하시던 선생님하고의 시간이 오붓하고 즐거웠다. 해마다 가을이면 교내 미술 대회와 온양읍 내 중·고등학생들의 미술 대회, 대전에서는 도道 미술 대회가 열리니 준비하느라 방과 후에는 언제나 선생님과 어울렸다.

고등학교 일학년 때 둘이서 기차를 타고 대전으로 왔다. 선생님은 여관을 정한 뒤 한정식 식당으로 데리고 갔다. 깔끔하게 잘 차려진 밥상 앞에 마주 앉으니 선생님이 어려워도 색다른 여러 가지 반찬이 무척 맛있었고 어린 마음에도 내가 우대받는다는 느낌이 들었다. 그리고는 여관을 나섰다. "온양 촌놈 대전 시내 구경 좀 해야지." 함께 시내를 걷다가 대전에서 제일 크다는 극장으로 들어갔다. 지금 은행동 NC백화점 자리에 있던, 개봉작만 상영한다는 '시민관'이라는 극장이었다. 제목이 〈황야의 무법자〉였던가, 서부활극 영화였다. 얼마나 지났을까. 선생님이 깨우는 소리에 눈을 떴고 사람들이 자리에서 일어나고 있었다. 부끄러워 몸 둘 바를 몰랐다. 그림은 선選에 들기는 하였으나 "극장 안에서 쿨쿨, 잠만 잔 녀석."이라고 놀림을 받으면 얼굴이 화끈 달아오르면서 쥐구멍에라도 들어가고 싶었다.

수줍고 어려워하는 여린 마음 웅숭깊게 보살펴 주시던 선생님, 갑작스러운 이별도 그뿐으로 지금에 이르렀고, 당시 선생님들 연세보다도 훨씬 많은 세월을 살아왔다. 인생이 어디 내 생각대로 기다려 주거나 그리 만만한 것이더냐. 흐드러진 덩굴장미가 와- 시위대의 함성처럼 나를 흔들어 깨우며 의식의 전환을 외치고 있다. 내 삶에 백기를 드는 심정으로 만나야 할 사람과 보고 싶은 사람은 찾아보아야겠다고 뒤늦게 다짐한다. 이에 화답하듯 5월의 햇살은 폭포처럼 쏟아지고 덩굴장미가 갑자기 광채를 띠며 출렁인다.

현충사 가는 길

충남 아산 현충사 가는 길에는 우람한 은행나무 가로수가 도열하고 있다. 양쪽에서 벋어나간 나뭇가지들이 서로 맞닿아 터널을 이루고, 노란 은행잎은 군더더기 없이 깔끔한 소식처럼, 가지런한 잎맥은 단정한 사람의 성정처럼 담백하고 청초하다. 헤아릴 수 없이 많은 이파리가 가을을 환호하고 수려한 수관은 범접할 수 없는 위용으로 일신의 변혁을 이룬 젊은이처럼 신선하고 장엄하다. 서리 내리고 한기 깊어지면 노란색 더욱 깊어져 황금빛으로 물든 생의 정점에서 화려하고 엄숙하게 빈손의 현자처럼 모든 것 내려놓을 것이다.

양쪽에서 세운 지지대에 의지했던 묘목에는 콩알만 한 연
둣빛 돌기가 말 배우는 아기 옹알이처럼 몽글몽글 돋아나
고 있었다. 내가 중·고등학교에 다니던 육십 년 대 현충
사는 성역화 사업이 한창이었고 매년 4월 28일 충무공 이
순신(1545~1598)탄신 기념일에는 대통령이나 정부 요인
이 참석하여 다례를 지냈다. 그날을 앞두고 학교에서는 현
충사 경내의 풀을 뽑거나 청소하러 학생들을 동원했다. 풍
기리 학교에서부터 백암리 현충사까지는 먼 거리였지만 호
미를 하나씩 들고 걸어서 갔다. 홍살문을 지나 사당에 오르
거나 집채보다 커다란 은행나무 서 있는 활터에 이르거나
덕수이씨 문중 고택으로 이어지는 길이거나 소나무 숲으로
둘러싸인 현충사 안의 모든 길은 자갈길이었다. 바람결에
떠돌다 자리 잡은 씨앗들은 세상이 궁금하여 돌 사이를 비
집으며 얼굴을 내밀고, 다 뽑았다 싶어도 한두 주 후면 여
전히 새싹들은 끊이지 않는 옛이야기처럼 파랗게 돋아났다.
　매섭던 꽃샘바람도 스러지고 발목을 여미던 교복 바지는
치마로 바뀌었다. 학교 옆 배 밭에서는 하얀 꽃이 배웅하듯
손을 흔들고 종아리에 닿던 사월의 바람은 감미로웠다. 철
도 건널목을 건널 때는 긴장하여 좌우를 살피고 신작로를
지날 때는 자동차가 일으킨 흙먼지를 함빡 뒤집어썼다. 밭

두렁에는 제철이라며 돋아난 냉이꽃이 지천이고 논바닥에는 융단 같은 자운영꽃들이 흐드러졌다. 따가운 봄볕에 얼굴은 발갛게 달아오르고 풀 먹여 다림질한 빳빳한 칼라는 불편하기 짝이 없어도 교실을 벗어난 해방감으로 표정들은 해맑았다.

"설화정봉 벋어 내린 그윽한 기슭 ……." 누가 시작하였는지 교가를 부르거나 생각나는 대로 도란거리며 곡교천에 당도하면 봄비에 늘어난 냇물은 거세게 흐르고 내를 가로질러 놓은 섶다리는 곧 떠내려갈 듯 흔들흔들 위태로웠다. 다리 폭이 좁아 한 반 육십여 명은 한 줄로 나란히 한 사람씩 차례차례 건너야 했다. 이런 다리에 익숙한 아이는 경중경중 잘 건넜으나 작대기같이 가느다란 막대기를 세우고 나뭇가지를 얼기설기 잇대어 되는대로 얹어 놓은 다리 아래를 내려다보면 현기증이 나면서 오금이 저렸다. 성난 사람처럼 툴툴거리며 흐르는 물살은 빨아들일 듯 맹렬해서 건너기를 지레 포기하고 울상이 되었다. "눈을 감아 봐." 그때 누군가 손 잡아끌며 앞에서 장님 길 안내하듯 조심조심 나아갔고 얼떨결에 나는 조촘조촘 발걸음을 옮겼다. 그때 기억이 떠오르면 지금도 콸콸 물소리가 나면서 어질어질 멀미가 나는데 나직하지만 단호했던, 위기의 순간에 손 내밀어준 그 아이는 누구였을까.

4·28의 절정은 저녁에 온양역 광장에서 시작된 가장행렬이었다. 미술 선생님의 지휘로 소사 아저씨가 만든 거북선에는 이순신 장군 역할을 맡은 고등학교 선배 언니가 번쩍이는 갑옷을 입고 머리에 투구를 쓰고 배에 올라타서 나무로 만든 장검을 휘두르며 "앞으로 전진!" 호령하였다. 그 뒤를 따라 읍내를 돌다가 타작마당 콩 튀어 오르듯 물색없이 튀어나온 남학생의 휘파람 소리에 질겁하여 소스라치고는 마주 보며 깔깔거렸다. 길가에 늘어선 구경꾼들은 이순신장군으로 분장한 처자는 뉘 집 딸일까, 서로 보려고 고개를 뽑으며 환호했으나 우린 누가 자신을 알아볼까 봐 부끄러워 얼굴을 붉혔다.

조회 때마다 '반공을 국시의 제 일호로 삼고……'로 시작하는 혁명 공약을 복창하며 국민학교(초등학교)를 마친 우리는 역전에서 열리는 데모 대열에 예사로 동원되었다. "무찌르자,○○○! 때려잡자,○○○!" 청와대를 폭파하러 북한에서 간첩 김신조가 내려왔다가 잡혔다며 온양역에서 읍민궐기대회가 열리고 김일성 모형을 만들어 화형식을 했다. 장작을 쌓아 놓고 석유를 부어 불을 붙이자 판자 대기에 그린 형상은 금방 불길에 휩싸이고 살벌한 언어와 과격한 행위들이 놀라워 께름칙했다. 허수아비 몰골의 조잡스런 그림도 우스꽝스럽고 그걸 불길에 던지며 외치는 함성도 희극만 같았다. 추위에 얼굴이 빨개지고 발이 시려 동동거릴 때쯤이면 읍내 하나밖에 없던 경찰서에서는 구원처럼 정오를 알리는 사이렌이 울리고 그걸 신호로 궐기 대회는 마무리되면서 사람들은 개미처럼 흩어졌다.

"아이구, 그것들은 춥지도 않나 보다." 무심한 듯 혼잣소리인 듯 한마디 하며 엄마가 아랫목 이불을 열어젖혔다. 괄게 타던 연탄불에 누렇게 변한 콩기름 먹인 장판은 환한 얼굴을 드러냈다. 겨울 짐승 굴속으로 파고들듯 이불속을 파고들면 언 몸 녹으면서 동상 걸린 발이 가려워 두 발을 비벼댔다. 선반 위에 놓인 라디오에선 온통 간첩 얘기만 흘러나오고 꿈결인 듯 현실인 듯 귓속은 와글대는데 뜬금없이 그것들은 간첩인가, 시위대인가 골몰하다 어느결에 잠속으로 빠져들었다.

역 광장에는 읍민 성금으로 세운 이충무공사적비가 있다. 임진왜란 때 해상에서 공을 세우고 노량해전에서 전사한 충무공의 업적과 정신을 거북 모양의 받침돌 위에 새겨 놓았다. 어려서는 거북이 위를 오르내리며 놀았으나 지금은 팔작지붕과 단청으로 단장한 비각이 에스컬레이터를 타고

오르내리는 2층 현대식 역사와 삼가 내외하듯 한 걸음 비켜선 자리에 예의관체衣冠한 선비처럼 의연한 모습으로 길손을 맞고 있다. 오래전 약속을 지키는 성실한 가장의 신의처럼 온양온천의 상징으로 꿋꿋하게 자리하고 있다.

영락없는 배우 얼굴이 천연덕스러워 세상에서 간판 그림을 제일 잘 그린다고 가슴 설레던 온양극장에서는 노상 〈콰이강의 다리〉 행진곡이 흘러나왔다. 그곳을 지날 때면 앞사람, 옆 사람과 왼발 오른발을 맞추며 발걸음도 저절로 가벼워졌다. "저 하늘에도 슬픔이." "엄마 찾아 삼만 리." 영화를 볼 때는 터져 나오는 눈물 주체할 수 없어 쩔쩔맸는데 온양극장도 가뭇없이 사라졌다.

현충사 은행나무길이 국토해양부가 선정한 '한국의 아름다운 길'에 포함되었다는 소식을 듣고 찾았더니 현충사 가는 길에 보았던 풍정과 기억들이 흑백 사진처럼 희미하게, 가을 하늘 까치밥처럼 또렷하게 떠올랐다. 섶다리가 놓였던 자리에는 천변에 늘어선 해바라기를 배경으로 콘크리트 다리가 이채롭고 논벌이 펼쳐졌던 곳에는 고층 아파트가 숲을 이뤘다. 이름도 정겨운 섶다리는 추억을 공유한 사람에게나 특별하겠지만 그때 손 내밀어 준 친구는 이름조차 알 길 없고 생애를 돌아보면 이런 사람들은 늘 포진해 있었다. 또한 사물이나 조형물, 생멸하던 자연과 인연들이 유기체처럼 움직이며 도와주었다. 시골 소읍에서 단조로운 청소년기를 보냈더라도 한 존재가 오롯이 살아갈 수 있도록 알게 모르게 저마다 역할을 다했으니 실로 고마운 것이다.

사랑의 융합과 이미지의 언어미학

김우종 문학평론가

남상숙은 두 번째 수필집 『남빛 사유』(2015년)의 머리글에서 이렇게 말했다. "…… 사물의 적확한 표현이나 적절한 낱말 찾기에 고심하면서 심상을 펼쳐 놓는 일이 그윽하게 다가왔다."

다음 수필집 『빛나는 수고』(2017년)의 머리말에서는 이렇게 말했다. "지난번 산문집을 내면서 앞으로의 나날은 세상에 빚을 갚는 일이었으면 좋겠다고 했다. …… 염두에 두었으니 그 말은 유효할 것이다."

이번 수필은 이 약속의 결실이다. 그렇게 '낱말 찾기'와 '심상(이미지) 펼치기'에 고심한 모습이 너무도 뚜렷하고 그 주제는 '사랑과 융합의 메시지'로 세상에 빚을 갚는 일이다

1. 이미지의 언어미학

남상숙의 「거미줄」에는 투명한 유리창에 명주실처럼 얽혀 있는, 가는 거미줄이 그려져 있다. 거미줄에는 깨알만한 하루살이가 여러 마리 걸리고 창틀에는 나방 껍질도 떨어져 있다. 어딘가에 엉큼하게 숨어 있는 거미 짓이다. 이렇게 음흉한 거미와 나방 이야기는 일제 고등계 형사들과 윤동주 이야기를 연상시킨다. 그가 그렇게 그들로부터 감시를 받다가 체포되어 그들의 먹이가 되었으니까. 또 이것은 나의 「그 여름 베짱이의 마지막 연주」를 연상케 한다. 사마귀와 베짱이의 관계가 그렇다. 군사 독재정권 때 교수직에 있던 내가 독재 정권 수사 기관의 먹잇감으로 연행되고, 고문당한 후 투옥되고 대학에서 해직되고 긴급조치법 위반으로 출판도 금지되어 빈 껍질로 남겨진 이야기.

이처럼 우리 역사 속의 야만적인 권력과 그 피해자와의 관계를 거미와 나방 또는 사마귀와 베짱이로 표현하는 화법은 비유법이며 남상숙 수필의 특성과 장점이며 성숙한 비유법이다.

이것은 은유와 직유가 다 함께 하나의 단어와 구와 절, 문장과 작품 전체의 이미지로 나타나기 때문에 독자를 무한한 상상의 세계로 이끌어 나가는 예술이 된다.

그런데 예술만이 아니라 종교도 그 설법의 매력은 이와 같은 언어의 비유법이 큰 힘이 된다. '뿌리 깊은 나무는 바람에 아니 뮐 새'로 시작되는 용비어천가는 정치적 선전이지만 예수의 '산상수훈'이나 불교의 경전들은 대개 은유 아니면 직유가 많다. '선문답禪問答 같다'라는 말은 은유법처럼 알기 어려운 대화가 오고 갈 때 흔히 이를 빈정대는 용어다.

남상숙 수필의 은유나 직유는 선문답은 아니다. 그것은 대개 주어진 소재에서 의미를 파악하고 이미지로 상상력을 넓혀 나가며 더 감동적인 의미 전달의 화법으로 예술성을 증대시키는 언어미학이다.

이것은 천부적 소양과 많은 노력을 필요로 하는 기법이기에 남상숙은 남달리 이런 화법이 유난히 돋보이는 작가다. 이런 기법의 우수성이 훌륭한 주제를 실어 나르기 때문에 그는 나비가 꽃에 앉았다가 수술의 꽃가루를 옮겨주듯 사랑의 메신저로서 사명을 다한다. 문인에게 사명을 말하면 알레르기 반응을 일으키는 사람들도 많지만 그런 증세는 정상적인 건강한 문인의 자세는 아니다.

2. 사랑과 융합의 사상성

남상숙의 수필은 '사랑과 융합'의 사상성을 지닌다.

융합은 서로 다른 복수의 개체들이 하나가 된다는 뜻이다. 하늘 별 꽃 나비 개구리 등은 모두 뚜렷하게 다른 사물이지만 우주 공간에서 각자가 그 나름의 독립성과 정체성을 지닌 융합의 공동체다. 그리고 그것을 강제적 수단으로 하나로 묶으려는 권력 집단이 파시즘이나 사회주의의 전체주의적 획일주의적 사회로 만드는 것은 융합이 아니다. 이 경우의 하나 되기는 개체의 독립성 말살 과정을 의미한다. 모든 개체가 서로 존중되며 하나로 공생 공존함이 융합이며 그것을 가능케 하는 동력은 사랑이다.

남상숙의 수필에서는 사랑으로 공존하며 하나로 융합되는 우주관, 세계관이 농밀하게 응축되고 도출되는 형태로 나타나고 있다. 이것은 우리의 태극기 문양 같은 것이다. 청색과 적색이 하나가 되어서 둥글게 돌아가는 태극 문양은 우주 삼라만상이 서로 극과 극이어도 공생하며 하나가 되고 서로가 원인이 되고 결과가 되며 공존하는 형태다.

남상숙은 세상을 그렇게 융합의 공존 공생 형태로 보기 때문에 조선 조의 성리학 사상 같은 것이지만 그것이 우수한 기법으로 설득력을 얻고 있다.

인생은 순간마다 스포트라이트를 받는다. 날마다 맡은 주인공으로 열연한다. 혈연으로 맺은 본분과 호칭, 학연이나 지연에서 맺은 인연으로 적재적소에서 축포를 터뜨리며 인간사를 직조한다. 의견이 상충하여 섭섭하였더라도 엄마라면 풀지 못할 매듭은 없을 것이다. 누구나 엄마 몸을 통해서 인류의 구성원이 되었다는 사실만으로 인간은 공평하다. 엄마를 부를 수 있고 그 호칭에 황송해하는 사람이 존재하는 한 천지간은 황홀하다.

—「씨줄과 날줄」

작자는 이렇게 어머니와 자식의 사랑과 융합을 말하며 다른 많은 사람들도 학연 지연 등 어떤 인연에 묶여 있다는 인연론을 설파한다. 유기적으로 묶여 있기 때문에 모두 하나로 융합된 존재라는 것이다. 그러면서 인간 만사 서로 인연으로 맺어져 있다는 의미에서 우리는 모두 하나임을 주장하고 있다.

너와 나는 둘이다. 두 사람은 친구일 수도 있고 부녀간일 수도 있고 사제지간일 수도 있고 서로 이방인일 수도 있다. 그러나 이들은 모두 어느 인연에 의해서 맺어져 우주 속에 공생하는 유기적 공동체로 보는 것이 남상숙의 세계관이다. 이 세계관대로라면 작자 남상숙은 호적상의 먼 조상뿐만 아니라 3만 년 전 마지막 빙하기가 끝날 무렵 등장했다는 호모 사피엔스와의 인연도 부정할 수 없다. 이족직립二足直立이라는 공통성이 있어서 서로 같은 핏줄임을 나타내고 있고 컴퓨터 자판기든 뭐든 도구를 사용하는 동물이기에 확실히 호모 사피엔스와 같은 족속이다. 원숭이와도 틀림없이 닿아 있을 것이다. 인연이 되어 하나로 우주 속에 존재한다는 의미에서는 남상숙과 나와 인왕산의 바위 하나도 모두 하나로 융합된 존재다.

그런데 우리가 하나로서의 정체성을 유지하려면 우리는 모두 하나의 가족 하나의 민족 하나의 인류로서의 공생의 당위성을 인정해야 한다. 그것은 사랑이다. 모든 사물의 존재 방식이 지녀야 할 당위성이 그것이다. 그러니까 남상숙의 세계관 우주관은 사랑의 철학이며 그 속에서 가장 농밀한 사랑은 어머니와 딸이고 우리는 모두 그렇게 하나로서 사랑하며 한 가족처럼 살아야 한다는 것이 작자의 철학이다.

그런데 약자는 때때로 그 당위성과 정당성의 권리를 침해당한다. 그래서 남상숙은 우리가 모두 씨줄 날줄로 엮여 있는 유기체라는 융합 사상을 말하고 이를 직유나 은유의 언어미학을 통해서 아름다운 예술로 만들려 하고 있다. 이것은 기법상 이미지의 언어미학이라 해도 좋을 것이다.

이는 프랑스의 철학자 가스통 바슐라르가 말하는 이미지의 현상학과도 같은 맥락이지만 현상학은 철학이고 남상숙의 언어미학은 수필이며 문학이며 예술이다.

3. 융합의 현장

작자는 방탄 소년단이 세계 곳곳을 누비고 다니며 아리랑을 부르는 장면을 그리며 이렇게 말하고 있다.

아리랑은 면면히 이어온 한 민족 연대의 가락이며 세상에 대한 긍정의 화음이고 격절의 시간을 이어 주는 융합이다. 어디서 누구하고 어울리더라도 네가 있어서 내가 존재한다는 경탄과 보람의 씨줄이며 날줄이다.

창밖에는 하얀 눈이 별빛처럼 쏟아지는데 유리창을 사이에 둔 꽃 무더기는 장마당의 흥성거림을 다홍으로 풀어놓는다. 유년의 기억은 언제나 알록달록 왕사탕처럼 달콤하고 사월의 꽃보라처럼 눈부시다. 나를 기억하고 애틋이 여기는 사람이 있으므로 세상은 살만하고 굳센 언약인 듯 살아야 한다.

—「씨줄과 날줄」

태극 마크가 그렇듯이 그림으로는 적색과 청색이 서로 이질적 정체성을 지니면서도 하나가 되어 조화롭게 돌아감을 의미하지만 실제로 모든 이질적인 너와 내가 원인과 결과가 되어서 융합된 일체(하나)라는 것은 과학적 실험 결과로 입증되기 어려운 경우가 많다. 자본주의 사회인 남한과 사회주의 사회인 북한이 상호 원인과 결과로서 하나로 공생 공존한다는 우주관은 입증하기 어렵다. 그런데 이 작가는 「씨줄과 날줄」에서 그 가능성을 보여 주고 있다. 아리랑을 부르는 BTS의 마지막 무대를 가리킨 것이 그것이다. 뉴욕의 그랜드 센트럴 터미널이었던가? 마지막에 아리랑을 부를 때 그곳에서나 한국의 TV 앞에서나 많은 한국인들이 감격의 눈물을 흘렸다는 것은 북한 인민들도 TV만 자유롭게 볼 수 있었다면 가능한 일이다. 동시에 공감대를 이룰 수 있는 것이었다. 그러니까 궁극적으로 우리는 모두 하나라는 뜻이다.

여기서 '한 민족의 연대, 긍정과 화음, 시간의 융합, 네가 있어서 내가 존재'라는 작자의 표현은 모두 세상을 하나로 보는 개념이고, 그것은 사랑으로 하나가 되고 흘러간 과거도 오늘과 하나가 되고 네가 없으면 나도 없다는 강인한 하나의 연대 의식이다. 그리고 그것에 대한 찬미이며 그것이 우리가 이 세상을 살아가야 하며 포기하지 말아야 하는 이유라고 말하고 있다. 성리학적 개념은 오래된 고고학적 개념이라지만 작자는 이런 현대판 광장의 물결을 가리키며 우리는 모두 하나라는 사실을 입증하며 사랑과 융합 사상의 메시지로서의 수필을 쓰고 있다.

이와 같은 하나로의 융합 사상은 세계 올림픽 경기장에서 서로 경쟁하면서도 벽을 헐고 서로 손잡고 하나가 되는 우정을 말하는 것과 거의 같지만 그것이 우리가 어떤 고난 속에서도 굳게 또는 감사의 정으로 살아가야 할 이유가 된다는 작자의 주장에서 더 많이 강한 설득력을 얻게 된다. 더구나 그가 말하는 하나는 인류 중심의 하나만이 아니라 나무와 돌과 현대 사회 고층 아파트까지 모든 사물을 하나의 융합된 유기체로 본다는 점에서 철학적 사상이며 그 사랑의 정신은 다분히 종교적인 믿음에 가깝다.

유등천에는 봄의 정취가 한창이다. 휘늘어진 버드나무에 연두물이 흐르고 휴지기를 마친 풀꽃들이 불쑥불쑥 돋아나면 개장을 알리는 장마당처럼 홍성거린다. 솜같이 부드러운 바람과 모닥불같이 따사로운 햇살이 누리에 아롱거리면 무덤덤한 바위도 덩달아 달아오른다.

일부를 인용한 것인데 이 부분만 봐도 봄이 오자 풀꽃과 버드나무와 바람과 햇살과 바위가 모두 하나가 되어 봄을 연출하고 있음을 보게 된다. 더 이어나가면 고층 아파트의 그림자도 물속에서 청둥오리와 함께 출렁이며 하나가 되어 있음을 보게 된다.

하나의 이미지를 극대화하기 위해서 작자는 사물을 의인화하고 있다. 바위도 생명체처럼 덩달아 달아오르며 하나의 봄이 된다. 작자는 이를 '인연에 대한 고마움'이며 '서로에 대한 굳건한 믿음 때문'이라고 했다. 정말 이처럼 모든 사물 사이에 인연의 믿음이 있고 그래서 꽃과 나무와 냇물이 춤을 추니 덩달아서 바위도 달아오르는 것일까? 사실주의 문학의 기법으로는 허용되지 않지만, 작자의 의식 세계에서는 만물이 계절마다 다 함께 시동을 걸고 숨 쉬고 변화하며 하나가 되어 봄 여름 가을 겨울의 세계를 만들어 나간다. 이런 의미의 '융합된 하나'는 우주 창조론적인 신앙이 깔려 있는 듯하며 그래서 매우 경건한 몸짓으로 감사의 정이 흐르는 사상이다.

같은 제목의 마지막 글에서도 마찬가지다.

자연도 저마다의 목소리로 가락을 흥얼거리며 역할에 충실하면서 삶을 증언한다. 인공물이 아무리 뛰어나더라도 자연과 비교할 수 없으므로 순연한 조응이 주위를 평화롭게 하듯 자연물 가운데 으뜸인 내가 이루는 일 또한 최상의 업적으로 빛을 낼 것이다.

지금까지 건재한 것도 어린 날 할머니 할아버지 부모님이 묵주 알 굴리며 기도해 준 덕분이고…… 시답잖은 글 쓰느라 노심초사하는 날 위해 누군가 그렇게 빌어 줄 것이기에 봄날은 그렇게 아름다운 것이리. 그걸 알았다는 것만으로도 인생은 날마다 축제일처럼 설레고 가멸찬 것이라 할 수 있다.

—「강물은 흐르면서 기도하네」

이렇게 사랑과 융합으로 우리는 모두 하나가 된다는 믿음은 그렇게 되어야만 한다는 당위 의식이 되어 아마도 그것이 작자의 문학적 사명감으로 작동하고 있을지도 모른다. 그리고 그처럼 사랑으로 융합되고 하나가 되어야 한다는 사상이 작자의 모든 작품을 생성해나가는 모티프가 되고 원동력이 되고 있다.

「하현달의 묵시默示」는 소설 「분지」의 작가 남정현에 대한 사랑을 그리고 있다. 딸이 엄마에게 말했다는 짝사랑이다.

남정현의 사망 소식을 들은 작자는 짝사랑에 실패한 셈이다. 꼭 만나보려 했던 기회를 놓쳐 버렸다. 장례식장에라도 갔으면 조금쯤 사랑의 기쁨이 있었을 터인데 그 전에 죽어 버려서 한이 되었나 보다.

부고장이 널리 날아가지 못한 탓도 있겠지만 남정현은 그렇게 외로운 작가였다. 내가 장례식장에 갔을 때도 내가 알아볼 수 있는 문인이 너무 없어서 나도 낯설었다. 진행 중에 어느 한 분이 나를 일으켜 세우며 이런 분이 와 계시다고 소개할 만큼 남정현의 옛 문우는 거의 아무도 없었으므로 짝사랑의 여인이 나타났더라면 고인도 좋아했을 것이다.

그처럼 외롭게 가버린 남정현은 우리들의 '사랑과 융합의 하나'를 위한 글 때문에 체포 고문 투옥을 겪었다. 그의 「분지」 사건은 근원적으로는 한반도의 사랑과 융합의 문제를 되새기게 하는 것이었고 그는 그 희생자였기 때문이다.

남 수필가는 남 소설가의 사모곡에 해당하는 그의 산문집 여러 권을 내 집에 놓고 갔다. 방문객들이 가져가서 읽게 해 달라는 것이었다. 하나의 사랑과 융합 세계를 위한 확고한 의지 때문임이 분명했다.

4. 사회적 약자에 대한 사랑

이와 같은 사랑과 융합은 특히 외롭고 상처받은 자들에 대한 관심으로 기울고 있다. 작자가 짝사랑처럼 표현한 남정현 이야기는 그처럼 상처받고 외로운 사회적 약자에 대한 러브 스토리다.

그 작품에서 남정현은 깊은 밤에 아파트 창문에 걸쳐 있는 하현달처럼 그려지고 있다. 가늘게 여위어 있는 하현달에 비유된 남정현은 외로운 약자다. 그는 현대문학에 〈분지〉를 발표한 1965년 때만이 아니라 70년대 유신정권 때도 남산 중앙정보부에 연행되어 이유도 없이 감금되고 고문을 겪었다. 그래서 그는 남들처럼 자유롭게 소설을 쓰기도 어려운 작가였다. 소설가가 소설을 마음대로 못 쓰면 죽은 작가다. 그 모습이 심야에 남상숙 집 창문에 비추인 조각달이다. 그 달은 날이 밝으면서 창문에서 서서히 사라진다. 밤에만 나왔다가 사라지는 그였지만 그는 아주 사라진 존재는 아니었다. 조금이나마 동살의 푸른 빛을 남기며 사라진다.

이런 사회적 약자에 대한 사랑은 20년간 감옥에 갇혀 있는 동안 우수한 한글체를 만들어 소주병 〈처음처럼〉 글씨로도 유명한 신영복 교수 글씨체에 관한 「손의 화두」에서도 나타난다.

「퓰리처상 사진전에서」의 수많은 비참한 희생자와 그 현장을 고발한 작가들의 헌신에 관심을 기울이고 있는 것도 그렇다. 우연한 교통사고나 화재로 고난을 받게 된 사람들은 모두 사회적 약자로서의 피해자는 아니지만 그처럼 고통받는 사람들의 실체를 세상에 알리기 위해 최선을 다하는 사진작가들에 대한 관심은 슬픔과 고통에 대한 사랑이다.

또 프랑스 화가 장 포트리에(Jean Fautrier)를 말한 「소리 없는 외침」도 그렇다. 그가 유독 고통으로 일그러진 얼굴을 그리며 우리 인류 사회의 가혹한 실상을 고발한 것은 사랑과 융합을 위한 외침이다.

「새점」도 그렇다. 장바닥에서 새 한 마리가 종이쪽지를 물어서 떨어뜨리며 그 속에 쓰인 내용으로 새가 점을 쳐준다는 것인데 작은 새, 연두색, 아주머니, 흰옷 등이 모두 의도적인 소재 선택이다. '새대가리 같은 멍청한 녀석'이라고 천대받는 새, 그렇지만 봄날 돋아나는 새싹을 의미하는 연둣빛 새, 장바닥에 나와서 새점으로 겨우 몇 푼 벌고 삶의 의미를 찾고 있는 아주머니, 그래도 장바닥이 온통 흰옷 입은 백의민족이듯 그렇게 맑은 빛의 아주머니, 새대가리가 인간의 미래에 대해서 뭘 알겠느냐마는 그렇게라도 물으며 살 수밖에 없는 나약하고 불안한 인간을 사랑의 눈으로 살피고 있는 작자의 의식 세계는 가난하고 헐벗고 외로워 낮은 자리에 있는 모든 생명체에 대한 사랑이며, 사랑과 융합으로 하나 되는 세상을 의식하고 있는 작품이다.

문학에서 인간이나 모든 생명체에 대한 사랑은 가장 값진 과제이며 문인은 그 길을 잊지 말아야 한다.

5. 언어미학의 예술성

그의 사랑과 융합의 사상은 매우 효율적인 기법으로 만들어진 그릇에 담겨서 전해지고 있다. 그 대표적인 기법이 이미지의 언어미학이며 그것은 직유 아니면 은유의 화법이다.

「지팡이와 봄날」은 지팡이라는 이미지(심상)로부터 이야기가 전개된다. 작자는 집을 나서다가 초록색 울타리에 걸쳐 있는 지팡이를 보게 되고 누군가의 질문을 받는다.

"그대는 누구인가?"
"어디를 바삐 가시는가?"

— 「지팡이와 봄날」

이것은 폴 고갱의 마지막 무렵의 대작 이름과 거의 같다.
〈우리는 어디서 오는 것인가? 우리는 무엇인가? 우리는

어디로 가는 것인가?〉

　고갱은 남태평양의 고도에서 이렇게 자문했지만 자기밖에는 누구도 듣지 못했고 자신도 대답하지 못했을 것이다. 그냥 어느 날 태어나고 누구와 사랑하고 가엾게 늙고 병들어서 죽는 것을 그림에 담았을 뿐이다.

　남작가가 집을 나서며 들었다는 질문도 실제로는 자신에게 물은 질문이다. 그것을 들었다면 환청幻聽일 뿐이다. 울타리에 걸려 있었다는 지팡이도 그 자리에 있었는데 갑자기 없어져 버렸다면 환각幻覺이다. 은유로 그려진 이미지는 마음에 그린 그림이기 때문에 심상心象이다. 그래서 보이지 않기 때문에 환청이나 환각과 마찬가지다.

　작자는 이런 이미지로 인생론을 펼쳐 나가고 있기 때문에 작품 전체가 은유의 화법 속에 있으며 그 속에서 직유가 많기 때문에 직유나 은유로 가득 찬 문학이다. 이런 비유 중에서 은유는 감추어진 비유이기 때문에 난해성을 지닐 수 있지만, 성공적인 은유법은 호소력을 증대시키는 최상의 예술을 지향한다.

　가스통 바슐라르는 이런 표현 기법에 의해서 촉발되는 혼의 울림(감동)이 곧 아름다움이라고 말하고 있다. 청진기를 대면 틀림없이 심장 박동 소리를 들을 수 있는 것이 감동이니까 가스통이 말하는 현상학은 실제적 물리적 현상을 가리킨다. 그리고 심장 속의 울림은 가슴에 손을 대면 알 수 있지만 눈으로는 볼 수 없기 때문에 은유이며 그의 이미지의 현상학은 쉽게 말하면 은유법이다. 〈새야 새야 파랑새야〉에서 파랑새나 떨어지는 녹두꽃이나 울고 가는 청포장수는 모두 어떤 원형의 이미지이며 상상력에 의해서 원형에 도달할 때의 감동이 아름다움이고 그 작품이 예술이다. 남상숙은 이 언어미학을 우리 수필계에서 아마도 가장 많이 사용하는 작가일 듯싶다.

누군가의 발이었던 지팡이 하나가 철벽처럼 막아서며 행인의 발걸음을 세운 것은 아무래도 난데없었다. 맹인이 손가락으로 점자를 해독하듯 구석구석 돌아다니며 세상사 판독 하느라 수고하였을 지팡이가 작심하고 호령한 것 같았다.

— 「지팡이와 봄날」

작자는 집을 나서다가 울타리에 걸친 물음표를 봤다더니 그것이 지팡이로 바뀌고 있다. 헷갈리겠지만 구부러진 지팡이가 물음표 형상이라면 지팡이는 물음표다. 지팡이는 인생을 거의 다 살아오며 세상을 작별할 종점이 가까운 사람의 도구이며 그것은 항상 점자책 두드리듯이 인생을 두드리며 탐색한 동작의 도구와 유사하기 때문에 그런 철학적 질문의 물음표 이미지가 된다. 그리고 그것이 출입하는 울타리 문에 걸쳐 있다는 서술도 작자가 인생의 출발점과 종점에서 그 질문을 받는다는 상황 이미지가 된다.

나뭇가지나 시멘트 틈바구니에서 뾰족뾰족 새순을 내미는 초목들은 소리 없이 전해 오는 희소식처럼 가만사뿐 연두로 반짝거렸다. 계절의 순환이야 말할 것 없고, 생물이든 무생물이든 세상에 존재하는 모든 것이 변하므로 오늘을 바라보는 세상이 어제의 오늘이 아니기에 지금의 세계 의식이 새삼스러울 것은 없을 것이다. 꽃잎처럼 쌓이다가 눈발처럼 흩어져버린 날들이라고, 남들은 이미 알던 지식을 이제야 배웠으니 흘러간 세월이 억울하다고 절망할 필요도 없다. 이제라도 배웠으면 천만다행이라고 위안 삼을 것이다. …… 사람들과 부대끼며 살아갈수록 상처는 깊어지더라도 결국 인간은 혼자일 수밖에 없음을 인정하면서 오늘을 성실히 살아가면 그뿐 아니겠는가?

—「지팡이와 봄날」

매우 활달하고 유연하고 매끄러운 문체다. 그만큼 글쓰기에 많은 반복적인 훈련이 있었다는 증거일 것 같다. 그 같은 흐름을 따라가며 고독한 인생의 실상을 말해 주고 그러면서도 실망하지 말고 살아가라는 긍정적인 인생론을 수용하게 만드는 설득력이 있다. 지팡이가 그런 언어의 이미지로 선택된 언어미학에서 최적의 어휘임을 알게 된다. 비록 억울하고 서럽더라도 긍정적으로 세계를 봐야 한다는 낙관론은 이 예문 속의 '꽃잎처럼 쌓이다가 눈발처럼 흩어져 버린 날들'이라는 비유에서도 확실하게 나타난다. 흘러가 버린 시간을 꽃잎이 쌓여간 시간으로 보고 그것을 하얀 눈발처럼 흩어진 아름다운 풍경으로 표현한 것이 그런 낙관적 긍정적 세계관이다. 그리고 이것이 그런 비유법으로 전해지기 때문에 공감도가 높아진다.

동일한 사실이라도 이렇게 꽃잎으로 장식되고 흩어지는 눈발로 그려진 풍경이 되면 그 방향으로 설득된다는 것은 나쁘게 말하면 말재주의 속임수 같기도 하다. 그렇지만 엄마의 손이 약손이라고 아픈 배를 문질러 주면 엄마는 약사도 아니고 의사도 아닌데 아이는 울음을 그치고 잠들기도 한다. 이것은 속임수가 아니다. 이 세상의 많은 소외된 약자들은 누군가의 그 같은 위로 한마디로 힘을 내고 살아가기도 하니까 그것은 기만이 아니라 언어 예술 본연의 강한 힘이고 실체다. 이처럼 아름다운 비유법이 어떤 작품은 그 것만으로 꽉 채워진다.

  천변 가장자리에는 노란 수련이 다보록하게 떠 있다. 작고 깔밋 한 꽃송이가 은하처럼 촘촘하고 물결 따라 흔들리는 모습이 걸음 마 배운 아기처럼 대견하다.
                                                    —「나와 꿈의 변증법」

  여기서 의태어 '다보록하게'나 형용사 '깔밋한'은 그 자 리에 가장 적절한 표현을 위해서 찾아낸 어휘일 뿐만 아니 라 '은하처럼 촘촘하고'는 밀집된 형상을 매우 아름다운 회 화적 감각으로 선택된 어휘이고 그것을 '보석처럼 촘촘하 게 박힌 은하'로 비유했다.

  아침 이슬처럼 스러지는 것이 인생이라고 일러 주는 손길이 있 었으나 동분서주가 눈과 귀를 가려 푸른 날들이 손가락 사이로 빠 져나가 모래알처럼 흩어졌다. 그렇더라도 쓰지 않은 지폐처럼 빳 빳한 내일이 있으니 남아 있는 날들의 질감은 금싸라기 같을 것이다.
                                                    —「나와 꿈의 변증법」

이 문장에서 '아침이슬처럼' '동분서주가 눈과 귀를 가려' '푸른 날' '쓰지 않은 지폐처럼' '금싸라기 같을 것'이라는 표현이 모두 비유법이다. 하나의 짧은 문장 속에 이렇게 많은 비유법이 구사되는 경우도 드물며 지난날들을 푸른 날들이라 한 어휘의 함축적인 의미와 손가락 사이로 모래처럼 빠져나갔다는 비유도 참신하고 특히 쓰지 않은 날들을 한번도 '쓰지 않은 빳빳한 지폐'에 비유한 것은 신선한 감각으로 찾아낸 명품 어휘다. 섬세하고 탁월한 상상력의 결과다. 이 밖에도 주어 서술어 목적어 등이 한 문장에서 모두 아름다운 적절한 비유법으로 이어지는 경우들도 있다.

시각적 이미지는 회화적 표현이고 청각적 이미지는 음악적이며 그 밖에도 다양하게 감각적 이미지가 창출된다.

젤리처럼 말랑말랑한 열매에는 다정한 사람의 순정인 양 노란 단맛이 단정하게 고여 있다.

—「계절의 방명록」

여기서 '노란 단맛'은 시각과 미각이 하나가 된 비유법이다. 정지용이 〈향수〉에서 얼룩소의 울음을 '해설피 금빛 게

으른 울음'이라 했을 때 청각적 사물을 회화적 이미지로서의 금빛과 몸짓으로 표현한 것처럼 감각을 극대화하기 위해 남작가는 인생살이를 노란 단맛이라 한 것이다.

6. 풍요한 어휘와 세련된 문장.

비유법만이 아니라 어휘 선택의 광역성도 장점으로 꼽힌다.

고졸한 정취, 깔밋한 생의 조락, 동살, 갈맷빛으로 흐르고, 햇살도 자차분했다, 깔축없이 키웠듯이, 설레고 가멸찬…… 등 이런 단어들은 많이 쓰이지 않는다. 몰라서 못 쓰는 경우가 많다. 사물의 표현을 위해 가장 적절한 어휘를 찾으려면 그만큼 저장된 어휘 창고가 풍부해야 한다. 신을 사는데 맞는 신이 없어서 아무거나 신으면 발병이 난다.

임의로 뽑아 본 위의 예들은 풍부한 언어 창고에서 선택했기 때문에 저마다 매우 적절한 의미형성의 역할을 해주고 있다.

7. 맺는말

남상숙의 수필은 이처럼 우수한 기법과 사회 참여의 귀중한 메시지로 우수성을 지니지만 일부 독자는 은유법에서 원관념을 조금쯤 흘리고 놓치는 경우도 생길 수 있다.

은유는 독자도 작자와 함께 상상력으로 따라가야 한다. 그래서 이를 따르지 못하면 의미의 배달 사고가 생긴다.

「지팡이와 봄날」에서 물음표 또는 노인의 지팡이가 출입문에 걸려 있다는 것은 인생을 출발점과 종점에서 생각해 본다는 의미이므로 이를 위한 위치 설정을 읽지 않으면 주제를 놓치기 쉽다.

또 은유는 논리적 설명이 아니고 직관적 사고방식이기 때문에 의미 전달이 모호해질 수도 있다. 니체가 '신은 죽었다'고 말했지만 그것은 직관적 사고에 의한 선언이다. 하느님이 살아 있음을 논리로 증명하려 하지 말고 무조건 믿으라고 하듯이 하느님이 죽었다는 것도 니체는 논리로 설명하지 못했고 하려 하지도 않았다. 그러니까 직관적 사고로 전개된 니체의 『차라투스트라는 이렇게 말했다』가 난해할 수밖에 없다.

그렇지만 남상숙의 「차라투스트라를 읽다」는 이를 잘 이해하고 정리한 수필이며 은유법의 뛰어난 구사로 우수한 예술 창작에 성공하고 있다.

서정주의 시 「국화 옆에서」는 그런 은유법으로 대형 사고를 일으킨 작품이다. 일본 천황의 악랄한 전쟁 범죄를 미화한 작품이 정부 수립 후 수십 년간 국정 교과서에 게재되다가 1990년에야 삭제된 것은 은유법이었기 때문에 가능했다.

그렇지만 은유법은 이미지 창출로 가장 뛰어나게 예술성을 높이는 기법이며 남상숙은 이 기법에 문학 최우선 과제인 사랑과 융합의 메시지를 전하며 우리 수필 문학의 위상을 당당하게 높여 주고 있다.

하현달의 묵시

초판 1쇄 발행 2023년 5월 19일

지은이 남상숙
펴낸이 이재무
기획위원 김춘식, 유성호, 이형권, 임지연, 홍용희
책임편집 박예솔
디자인 이라희

펴낸곳 (주)천년의시작
등록번호 제301-2012-033호
등록일자 2006년 1월 10일
주소 (03132) 서울시 종로구 삼일대로32길 36 운현신화타워 502호
전화 02-723-8668
팩스 02-723-8630
블로그 blog.naver.com/poemsijak
이메일 poemsijak@hanmail.net

ISBN 978-89-6021-713-3(03810)
값 15,000원